中华古典文学选本丛书

纳兰诗词选

杨雨 选注

中华书局

图书在版编目（CIP）数据

纳兰诗词选/杨雨选注. —北京:中华书局,2023.3
（中华古典文学选本丛书）
ISBN 978-7-101-15764-2

Ⅰ.纳… Ⅱ.杨… Ⅲ.词（文学）-作品集-中国-清代
Ⅳ.I222.849

中国版本图书馆 CIP 数据核字（2022）第 101653 号

书　　名	纳兰诗词选	
选　　注	杨　雨	
丛 书 名	中华古典文学选本丛书	
责任编辑	马　燕	
责任印制	陈丽娜	
出版发行	中华书局	
	（北京市丰台区太平桥西里 38 号　100073）	
	http://www.zhbc.com.cn	
	E-mail:zhbc@zhbc.com.cn	
印　　刷	大厂回族自治县彩虹印刷有限公司	
版　　次	2023 年 3 月第 1 版	
	2023 年 3 月第 1 次印刷	
规　　格	开本/880×1230 毫米　1/32	
	印张 7⅛　插页 2　字数 150 千字	
印　　数	1-5000 册	
国际书号	ISBN 978-7-101-15764-2	
定　　价	28.00 元	

浅析纳兰性德词之魅力

杨 雨

曾有人说：唐诗、宋词堪称中国文学史上最美的诗歌形式，五代至宋更是词人荟萃的时期。如果将唐、宋词坛比喻成群星闪耀的天空，那么，温庭筠、李煜、柳永、欧阳修、晏几道、苏轼、秦观、周邦彦、李清照、辛弃疾、姜夔……都曾是那个时代词坛"星空"中璀璨的名家。以至于此后的元、明两朝，虽然不乏成就卓著的词人，但从整体上来看，尚未出现哪一朝能在词的创作成就上超越唐、宋两代。宋词，几乎成了后人可望而不可即的高峰。

然而，词在经历了元、明两代的相对衰落之后，到了清朝初年，又俨然出现了复兴的势头，纳兰性德就是其中鳌头独占的重要人物，为清代词坛的中兴做出了巨大贡献。他的小令被认为深得唐、宋词之神韵，其艺术成就直逼唐、宋词人，甚至"置唐、五代词中往往不能辨"，"最得词家之正"[1]。清末词坛四大家之一、著名学者王鹏运曾高度评价他在词史上的地位："我朝唯纳兰公子，深入北宋

---

1 《续修四库全书提要·纳兰词》。

堂奥。"[1]连国学大师王国维这样苛刻的人,也不得不承认:纳兰性德在词史上的地位可谓是"北宋以来,一人而已"[2]。

纳兰性德,初名成德,后因避皇太子保成讳改名性德,字容若,又名成容若,号楞伽山人;出生于顺治十一年十二月十二日(1655年1月19日),乳名冬郎。有《侧帽词》,后更名为《饮水词》刊行问世,存词348首。其词不仅受到评论界的高度赞誉,《饮水词》甚至与李清照《漱玉词》并称为中国词坛双璧[3]。纳兰词在民间也是人人传唱,家喻户晓,以至于曹寅撰诗云"家家争唱《饮水词》",其受欢迎的程度可见一斑。《清史列传》也载:纳兰词"当时传写,遍于村校邮壁",甚至达到了"孺子知名"的地步。

纳兰词题材丰富,爱情、友情、亲情、边塞、咏物、题画等等,无不囊括入内,他对于人生、社会、历史的思考也无不包蕴其中。

首先,纳兰词反映了他对个体生命的思考,是其人生价值观的体现。作为一代名相纳兰明珠的长子,其母为英亲王阿济格的女儿爱新觉罗氏,纳兰出生于满洲正黄旗的皇室贵胄,与康熙皇帝是五服之内的表兄弟。拥有如此高贵的出身,纳兰的生活环境可谓是锦衣玉食。然而,其父明珠虽位高权重、政绩卓著,却也不乏贪污纳贿、结党营私

1　况周颐《蕙风词话续编》卷一引王氏寄冯永年手札旧稿。清末词坛四大家:王鹏运、况周颐、朱祖谋,郑文焯。

2　王国维《人间词话·卷上》。

3　林丁:李清照之《漱玉词》与纳兰容若之《饮水词》,为中国词坛双璧。(《蕉窗词话》,载1937年7月12日《北平晨报·艺圃》)

的劣迹。天性纯良的纳兰容若，一方面为父亲的功绩而骄傲，另一方面却又不愿意和父亲同流合污。例如他在《采桑子·塞上咏雪花》一词中，就借塞外雪花的清凉高洁以自喻，表明纷纷扰扰、追名逐利的富贵尘世并非他安身立命的家园，宣称他"不是人间富贵花"，在价值观上，他和父亲是背道而驰的。"举世皆浊我独清"，在浊世中保持精神的纯洁与高贵，是他深刻反思后的人生态度。

　　纳兰在仕途上也可谓一帆风顺：二十二岁即高中进士，旋为康熙钦点为三等侍卫，后晋升为一等侍卫，成为天子近臣，赏赐无数，"臣子光荣，于斯至矣"[1]。纳兰在侍卫任上最大的政绩是康熙二十一年（1682）的"奉使觇梭龙诸羌"（《清史列传·文苑传二》）。这是他第一次作为皇帝的特派使臣出使塞外，目的是"有所宣抚"，是对游牧在梭龙这个地方的少数民族部落进行宣抚，也就是传达康熙皇帝的旨意，安抚民众。这是康熙实施边防政策的一个重要步骤。纳兰此行既要探清少数民族部落的虚实，又要显示清廷的威信和安抚的诚意。康熙很有可能暗中授意纳兰随机应变：如果他们确实一心归顺，那就和平安抚；如果他们发动叛乱，那就用武力征讨。这也是康熙一贯的"乱则声讨，治则抚绥"的方针。此次觇梭龙，纳兰圆满地完成了朝廷使命，就在他出使回来两年后，梭龙各部落宣布正式归附清朝，并且派遣了庞大的使团来北京朝贡。康熙对纳兰的表现非常满意，如若天假以

1　纳兰性德《与顾梁汾书》。

年,可以想象纳兰的前途无可限量。

然而,别人看来御前侍卫的辉煌荣耀,在纳兰的内心却充溢着用非其志的悲哀。伴君如伴虎的焦虑,朝廷内部政治斗争的险恶等等,无不让纳兰时刻"惴惴有临履之忧"[1]。每每与朋友聊天,他"相与叙生平之聚散,究人事之终始,语有所及,怆然伤怀"[2]。越是接近权力中枢,纳兰对官场看得越透彻;越是成为一名表面荣耀的天子宠臣,内心却越是向往无羁无绊的人格独立与精神自由。因此,即使是在仕途鼎盛时期写下的词,如《蝶恋花·出塞》,在其中我们也看不到事业辉煌的意气风发,只感受到"满目荒凉"的心灵沙漠。

其次,纳兰词反映了他对友情的期许,对情义的珍视。纳兰一生真正的财富,不是父亲积累下来的万贯家财,而是一群意气相投、生死相许的朋友。纳兰的至情至性,不仅仅体现在对爱情的刻骨铭心,也体现在他对友情的执着无悔。

例如他的成名作《金缕曲·赠梁汾》,即是为他与至交好友顾贞观的相识、相知而作,此词曾被学者评价为:"率真无饰,至令人惊绝。"[3]纳兰的朋友,多是流落江湖的汉族文人,甚至还有不少是明朝遗民文人。在文字狱频发,满汉矛盾还很复杂、微妙的清初,纳兰不顾身份差异,倾心结交汉族文人。此举招致不少谣言和诽谤,然而,对待这些猜

1　严绳孙《成容若遗稿序》。
2　严绳孙《进士纳兰君哀词》。
3　傅庚生:"其率真无饰,至令人惊绝。率真则疏快而不滞,不滞则见赋于天者,可以显现而无遗,生香天色,此其是已。"(《中国文学欣赏举隅》十七)

忌,纳兰的态度很坚决:"共君此夜须沉醉。且由他、蛾眉谣诼,古今同忌。"他的真诚、信任、纯洁、重情重义,温暖了一大批流落江湖的汉族文人;纳兰府上的渌水亭,是汉族文人雅集的胜地。

康熙十五年(1676),纳兰应顾贞观请求,允诺以五年为期,营救被冤流放宁古塔的诗人吴兆骞。吴兆骞是在顺治年间的科场案中获罪被贬的,也是满汉斗争的牺牲品。按当时的规定,流放宁古塔的汉人,不但生还的可能性十分渺茫,而且即便是死了,连灵柩都"例不得归葬"。因此,要赦免吴兆骞等于是让康熙皇帝否定父亲顺治皇帝的决定,再加上朝廷中满汉矛盾仍然尖锐、党派斗争尤其激烈,营救吴兆骞的难度可想而知。然而纳兰被顾贞观的友情所打动,郑重承诺:"绝塞生还吴季子,算眼前、此外皆闲事。知我者,梁汾耳。"(《金缕曲·简梁汾》)让吴兆骞从塞外活着回来,居然变成了纳兰的一大奋斗目标。经过纳兰父子多方奔走与上下疏通,纳兰更是倾尽全力、不计代价,吴兆骞终于在康熙二十年(1681)得以还京。这一年,离纳兰对顾贞观许下承诺过去了正好五年。吴兆骞抵京之日,汉族士子感慨万分,"抱头执手为悲喜交集者久之"[1],纳兰因此而贤名大著。君子一诺千金,重情重义,也在此次事件中得到了充分的证明。

1　徐釚《孝廉汉槎吴君墓志铭》:"会今皇帝御极二十有一载,诏遣侍臣致祭长白山。长白山者,东方之乔岳也,地与宁古塔相连。汉槎为《长白山赋》数千言,词极瑰丽,借使臣归献天子,天子亦动容咨询。有尼之者,不果召还。而纳兰侍卫因与司农、司寇暨文恪相国醵金以输少府佐匠下,遂得循例放归,然在绝域已二十三年矣。时余方官京师,亦曾与汉槎一效奔走。其归也,抱头执手为悲喜交集者久之。"

再次,纳兰词体现了他对历史的反思和对边塞词意境的开拓。纳兰入仕后以康熙御前侍卫的身份,多次护驾出塞,巡视边关,还曾经奉使率军出使西域、宣抚边疆少数民族。作为一位文武双修的词人,这些独特经历使得他的眼界比一般词人更加开阔,并且大大拓展了边塞词的意境。例如他的《长相思》(山一程)即先后获得王国维、唐圭璋等词学家的美誉。王国维认为词中"夜深千帐灯"所呈现出来的壮观的塞外景象,足堪媲美唐诗中的"大漠孤烟直,长河落日圆"等经典名句。当代词学家唐圭璋先生也曾评价:"《花间》有句云'红纱一点灯',此言'夜深千帐灯',境界一大一小,然各极其妙。"(《纳兰容若评传》)

此外,纳兰边塞词还将思想的触角从眼前的边关战场扩展到了历史的维度,将个体的人生历程与历史的兴衰糅合成一体,凸显出时光与历史的强大力量和悲剧意识。如他的《南乡子》(何处淬吴钩)词中"多少英雄只废丘"等句,读之"令人慷慨生哀"(唐圭璋语)。从这些词中不难窥视到纳兰的人生态度:身份的尊荣、浮世的功名都只不过是一时的辉煌,山河会变化,王朝有兴亡,只有内心的至情,是永恒不变的。这种至情,其实就是对人生的一种悲悯情怀,对人类苦难的深刻体悟和对人性的透彻观照。

最后,纳兰还是一个对自然有着敏锐感受和细腻情感的词人。他的词中不仅呈现出北方大漠的雄壮、塞外的苍茫与荒凉;随康熙下江南的经历,还使这位成长于北方的词人对江南风景产生了由衷的痴迷。帝王南巡的盛况,江南水乡不同于北国边塞的秀美旖旎,促生了十阕如画如幻、清新婉丽的《梦江南》组词……

当然,在纳兰所有词作中,最深入人心的还是他的爱情词,其中尤以悼亡词"极哀怨之致"[1],最能动人心弦。

一般认为,纳兰一生至少有三段爱情:初恋;与结发妻子卢氏的生死绝恋;以及在他生命的最后阶段与江南才女沈宛的凄婉恋情。其初恋因不明原因而中途夭折;与挚爱的妻子卢氏结缡之后不过三年,卢氏因难产卧病去世,这一变故导致纳兰后半生爱情世界的凄凉,也成就了不少悼亡名篇;与沈宛的恋情也以悲剧告终。除这三段恋情之外,纳兰尚有侧室颜氏,以及卢氏殁后续娶的妻子官氏。纳兰的爱情词大多是以初恋情人、结发妻子卢氏以及沈宛为抒情对象的。尤其是他为卢氏所作悼亡词更是血泪交溢,语痴入骨,几乎首首经典,脍炙人口,传诵至今。

笔者以为,纳兰词之所以具有如此之魅力,其特点可以大致归纳为如下四点:

第一,"真情"。"真情"是纳兰词的情感内核。纳兰处世待人以真情,其词也都是由身边事、眼中人写起,读来感觉十分真实。恰如当代学者张任政在《清纳兰容若先生性德年谱·自序》中评价的那样:"先生之待人也以真;其所为词,亦正得一'真'字,此其所以冠一代、

---

1 钱仲联《清词三百首》。

排馀子也。同时之以词名家者如朱彝尊、陈维崧辈,非皆不工,只是欠一真切耳。"同时代的其他词人,写词固然各有千秋,但在"真切"这一点上,较之纳兰却稍显逊色了。

真性情之人,必为真性情之词,纳兰其所谓乎?

第二,"自然"。"自然"是纳兰词的表现特点。其词自然平易,朗朗上口,看上去没有很多刻意的雕琢,因此容易给读者留下深刻印象,甚至可以说是过目不忘。

王国维曾这样评价纳兰词的特点:"纳兰容若以自然之眼观物,以自然之笔写情。此由初入中原,未染汉人风气,故能真切如此。"[1]纳兰不像很多汉族文人那样喜好在诗词中堆砌典故、使用晦涩生僻的词句以显示自己的博学;或者因种种原因而瞻前顾后,不敢在词中尽情袒露心曲,他只是将自己看到的、自己心中所感受到的,自自然然、甚至是平平淡淡地表达出来,反而更显真实动人。

第三,"追忆"。"追忆"是纳兰词的基本思路。读他的词,会发现词人似乎总是沉浸在对往事的回忆之中,沉浸在刻骨铭心的追思之中,因此其词呈现出一种如梦如幻的朦胧美。他时而描写往事,时而回到现实;时而写自己,时而想象对方,自如地穿越其中,在追忆中带出浓浓的情感。这与同样以"追忆"为基本特色的晏几道颇有几分相似之处。但他们的同中之异是:晏几道往往只是写一己之追忆,而纳

---

1 《人间词话·卷下》。

兰却多分写两头；此外，晏几道的追忆往往很少实指某一具体对象，纳兰的追忆却大多凝聚在几乎是唯一的对象上，因此就"追忆"的内涵来看，纳兰词更具有情感聚焦后的冲击力和穿透力。

第四，"伤心"。"伤心"是纳兰词的情感类型。顾贞观曾说："容若词一种凄婉处，令人不能卒读。人言愁，我始欲愁。"[1] 纳兰词最大的特点是情感的哀伤，如"落叶哀蝉，动人凄怨"[2]。这种哀伤也会深深感染读者的情绪，甚至让读者也随之伤心到无法继续读下去的地步。

"凄婉"几乎是前人对纳兰词评价的一个定论。纳兰常常被视为南唐后主李煜的化身，也被认为其词风直追北宋词坛名家晏几道。这三位词人确有许多共同点：除了他们都有骄人的贵族出身之外，他们的词作都具有自然、率真、凄婉的特点。而且，李煜身为亡国之君，后期以亡国奴的身份被囚禁在北宋都城；晏几道作为北宋名相晏殊第七子，父亲去世后经历了由盛而衰的转折，后期生活孤苦无依。他们的词都是以血泪和成，往往沉浸在对往昔繁华的深切追忆与伤怀之中，呈现出梦幻般的凄美。

因此，"真情""自然""追忆""伤心"也是纳兰与李煜、晏几道词风的相似点。

康熙二十四年（1685）五月三十日，三十一岁的纳兰性德因病去

1　榆园本《纳兰词评》。
2　梁佩兰《祭纳兰容若文》。

世,他去世的日期,与他的结发妻子卢氏完全相同——八年前,康熙十六年(1677)的五月三十日,正是卢氏去世的日子。这样的巧合,是不是冥冥中的天意呢?在妻子卢氏去世八周年的忌日里,纳兰追寻他心爱的人去了!也许只有在另一个世界里,他才能与爱妻长相厮守,他才不会再伤心。

清词大家陈维崧曾经这样评价纳兰的词:"《饮水词》哀感顽艳,得南唐二主之遗。"所谓"哀感顽艳"主要是指在作品中蕴含的强大的悲情意识,而这种浓郁的悲情对读者(听者)而言也是极具感染力和震撼力的。诗人词客抒发的也许只是一己之情,但真正伟大的词人,必能以一人之心、一己之情通万古众人之情;伟大作品之所以流传不朽,正是基于人性深处的情感共鸣。天才的词人纳兰性德,就像一颗流星划过人间,然而陨落的只是他的生命,他在词中铭刻下的真情、自然、追忆和伤心,将继续感动着一代又一代的读者。

目

录

词选

词　选

梦江南 [1]

江南好，建业旧长安[2]。紫盖忽临双鹢渡[3]，翠华争拥六龙看[4]。雄丽却高寒。

康熙二十三年（1684）秋，纳兰性德以侍卫身份扈从清圣祖（康熙帝）首次南巡。性德作十阕《梦江南》，描述江南见闻，此词盖为扈从天子巡幸至江宁（南京）所作。

小令本宜于抒发含蓄温婉之情，然性德却以雄丽之词笔在短短二十七字中既描绘了江宁作为六朝故都的雄伟气势，也铺陈了帝王巡幸仪仗之隆盛。"紫盖""翠华""六龙"等作为帝王仪仗彰显出赫赫天威，"忽临""争拥"等动词亦可看出性德作为天子近臣以笔墨渲染康熙盛世、万民拥戴的虔诚。"雄丽却高寒"可谓一语双关，既可理解为对金陵城险要地势与辉煌历史的概括，也可理解为对帝王至尊权势的颂扬。

1　《梦江南》：又名《望江南》《江南好》《忆江南》。据段安节《乐府杂录》，此调乃唐朝宰相李德裕为亡妓谢秋娘所撰，本名《谢秋娘》。二十七字，三平韵。中间七言两句以对偶为宜。宋人多用双调。

2　建业：即今天的江苏南京市。汉代称秣陵县，后又名建业、建康、金陵等。清代为江苏江宁府。旧长安：长安为汉、唐都城，后代诗词常以长安借指都城。建业为六朝故都，因此以"旧长安"喻指之。

3　"紫盖"句：紫盖，帝王仪仗的一种。盖，伞状遮阳避雨的工具，平顶垂幔。鹢(yì)，本为一种水鸟，此处指船首画着鹢鸟的船。古代习惯在船头两侧绘上鹢鸟的形状，传说这样能使江神恐惧，以保行船安全。

4　翠华：帝王仪仗的一种，以翠羽为装饰的旗幡。六龙：帝王车驾。天子车驾仪仗用六马，故称六龙。《周礼》："马八尺以上为龙。"

梦江南

昏鸦尽，小立恨因谁[1]。急雪乍翻香阁絮[2]，
轻风吹到胆瓶梅[3]。心字已成灰[4]。

———　爱情词。词以"昏鸦"为起，悲情陡然而生，一"尽"字又
极显时空之寥落，以此引出词人之"恨"。为谁而恨？词人先
巧妙设问，而后含蓄作答：为香闺中那位具有咏絮之才的女
子，更为无法挽留的爱情。结句"心字已成灰"一语双关，既
表时间消逝，更暗示着一缕心香消散已尽，空留词人无限怅
惘。此小令婉丽凄清，含蓄隽永，诵之余音不绝，堪称天籁。

———　1　恨因谁：因谁而生愁怨？
2　急雪乍翻香阁絮：用东晋才女谢道韫故事。谢道韫幼时曾
将鹅毛大雪比作漫天飞舞的柳絮："未若柳絮因风起。"叔父谢
安对其才华大加赞赏。后来人们就用"咏絮之才"代指才女。
香阁，女子香闺。
3　胆瓶梅：胆瓶，颈长腹大形花瓶，状如悬胆。此处借用朱敦
儒《降都春》梅花词，"便须折取，归来胆瓶顿了"。
4　心字：心字形熏香，即今之盘香。

江城子 [1]

咏史

湿云全压数峰低[2]。影凄迷。望中疑。非雾非烟，神女欲来时[3]。若问生涯原是梦，除梦里，没人知。

———

此阕咏巫山神女故事。宋玉《高唐赋》《神女赋》叙楚襄王游云梦，望高唐之观有云雾缥缈，变化无穷，其夜襄王果梦与神女相会。此为神话，并非史实。

起句"湿云全压数峰低"亦非实景，而是为情造景，以此营造出"神女欲来时"之影影绰绰、如幻如真、虚实莫辨的梦境。或云词人盖借神女入梦之神话寄托对亡妻卢氏的思念。卢氏骤然逝去，是以性德亦油然而生人生如梦、历史风云变幻难以把握之叹。此词意境亦如"神女欲来时"一般如梦如幻，一片凄迷。

———

1　《江城子》：一作《江神子》，三十五字，五平韵。宋人多依原曲重填一片。

2　湿云：指巫山的云。数峰：巫山山峰，其中神女峰景色奇丽,犹如仙境,最为有名。

3　神女：即巫山神女。战国时宋玉《高唐赋》谓神女降临时
云雾缭绕,变幻莫测。

采桑子 [1]

　　谁翻乐府凄凉曲 [2]，风也萧萧。雨也萧萧。瘦尽灯花又一宵。　　不知何事萦怀抱，醒也无聊。醉也无聊。梦也何曾到谢桥 [3]。

——

　　此词哀婉凄切，抒发词人相思之苦。"瘦尽灯花又一宵"，极写词人因相思而终夜无眠；"梦也何曾到谢桥"，翻用北宋词人晏几道"梦魂惯得无拘检，又踏杨花过谢桥"词意。只是晏词所叙之相思尚有梦魂可以安慰，可以让无拘无束的梦境带着词人的思念一次又一次踏访恋人所居之"谢桥"，而性德词之哀感却是连梦境都无法抚慰的，"梦也何曾到谢桥"，连梦都被现实的距离所阻碍，词人的相思哀愁又如何能够得到慰藉？难怪前人评价"容若词固自哀感顽艳，有令人不忍卒读者"（谭莹粤雅堂本《饮水集》跋）。

　　宋代女词人李清照曾有外号曰"李三瘦"，因为她写过三句带"瘦"字的经典名句："新来瘦，非干病酒，不是悲秋"；"知否，知否，应是绿肥红瘦"；"莫道不销魂，帘卷西风，人比黄花瘦"。性德也有三"瘦"，足堪与"李三瘦"媲美：其一便是此词中的"瘦尽灯花又一宵"，其二是"生怜瘦减一分花"，其三是"红影湿幽窗，瘦尽春光"。这三"瘦"，道尽词人辗转人世的惆怅与憔悴。

1　《采桑子》：又名《丑奴儿令》《罗敷艳歌》《罗敷媚》。唐教
坊大曲有《杨下采桑》，南卓《羯鼓录》作《凉下采桑》。此双调
小令，盖大曲中截取一遍为之。四十四字，前后片各三平韵。

2　翻乐府：翻，按旧有曲调填写新歌词。乐府，秦汉时设乐
府，为音乐机构，后来作为一种诗体的名称，也泛指入乐的诗
歌。因词本为音乐文学，故有"乐府""曲子词"等别名。此处
乐府代指词。翻乐府即填词之意。

3　谢桥：唐代宰相李德裕有侍妾名谢秋娘，为当时著名歌妓，
后来诗词中常用"谢娘"泛指歌妓。谢桥则是谢娘家附近的
小桥。后人也常称恋人为"谢娘"，以"谢家""谢桥"等代指
恋人居处。

采桑子

塞上咏雪花

非关癖爱轻模样[1]，冷处偏佳。别有根芽。不是人间富贵花[2]。　　谢娘别后谁能惜[3]，飘泊天涯。寒月悲笳[4]。万里西风瀚海沙[5]。

———

此阕为性德冬季出巡塞外遇雪所作，亦为情景交融之佳作。题为咏雪花，盖以雪花自比。上片重点在"不是人间富贵花"，词人旨在表明自己偏爱雪花的理由：雪花虽然不像牡丹那样雍容华贵，也不像海棠花那样娇艳妩媚，却在寒冷中独自开放，独自飘扬，自有其清高孤绝的姿态，雪花的"根"，并不在"人间"。性德所说的"人间"，其实是指他所轻视的富贵豪门，是他厌倦的红尘浊世。

宋代词人辛弃疾写过几句很有名的词："众里寻他千百度。蓦然回首，那人却在、灯火阑珊处。"（《青玉案·元夕》）性德和辛弃疾表达的其实是同样一个意思：他们的理想，不是纷纷扰扰、熙熙攘攘的俗世，不是和别人争名夺利的表面繁华，而是宁可在寒冷孤独的地方保持自己高洁的人格。这种不与俗世同流合污的清高人格，才是他们真正的"根"。

下片重点在"谢娘别后谁能惜"。谢娘代指性德亡妻卢氏，妻子离开之后，还有谁能像他一样懂得雪花的高洁、"我"的高洁呢？还有谁才是自己真正的知己？失去了唯一的红颜知己，词人觉得自己就像塞外的雪花一样，再也找不到人世间的温暖与安定，只能是漂泊天涯、孤苦无依的人间过客而已。

1　轻模样：形容雪花飘飞轻盈的样子。

2　富贵花：一般以牡丹或海棠为富贵花。

3　谢娘：此处应指东晋才女谢道韫。性德常以妻子比谢道韫。

4　笳(jiā)：吹奏乐器胡笳，声音悲凉。

5　瀚海：沙漠。

采桑子

桃花羞作无情死，感激东风。吹落娇红[1]。飞入闲窗伴懊侬[2]。   谁怜辛苦东阳瘦[3]，也为春慵。不及芙蓉[4]。一片幽情冷处浓。

———

康熙十二年（1673），性德因殿试前夕突发寒疾而错过殿试，此阕即为词人卧病在家时所作。

"桃花"为上片之重点意象，谓卧床的词人因错失殿试良机而心情低落，因此他感谢东风吹送桃花入窗来陪伴自己的孤独。"感激东风"亦或另有寓意，强劲的东风"吹落娇红"，正如迅猛的寒疾摧垮了词人；而柔弱的桃花被不可抗拒的东风吹落，也正如脆弱的词人被寒疾折磨得憔悴不堪。人与桃花，命运如此相似，心情如此相似，故应同病相怜。

"芙蓉"则为下片重点意象，传说唐代有一位书生参加科举考试落第后到蜀中散心，旅途中遇到一位老太太对他说："郎君明年芙蓉镜下及第。"第二年，这位书生果然高中进士，考的诗赋题有《人镜芙蓉》（段成式《酉阳杂俎·续集》）。从此以后，"芙蓉"的意象就多了一层含义：它非关风花雪月，而是有关科举仕途。由此可见，性德感叹"不及芙蓉"，并不是说桃花的香味比不上芙蓉花，而是指自己痛失高中的机会。

　　结语"一片幽情冷处浓"。显然,"幽情"是落第后的容若公子在凄冷的心境中独自舔舐伤口的心情。一个"浓"字,浓浓地渲染出容若此时此地层层叠叠、无法排遣的愁情。向来以风流自命、以才华自傲的相门公子,由此体会到了命运的冷酷与无情。

1　娇红：娇艳的桃花花瓣。

2　懊侬（ào nóng）：苦恼,烦闷。此谓苦闷的人。

3　东阳：南朝诗人沈约曾为官东阳（在今浙江）太守,人称"沈东阳"。沈约曾在给朋友的书信中称自己因病消瘦。

4　芙蓉：芙蓉镜。

采桑子

　　而今才道当时错[1]，心绪凄迷。红泪偷垂[2]。
满眼春风百事非。　　情知此后来无计，强说
欢期。一别如斯。落尽梨花月又西。

──

　　此阕应为恋情词，惜其对象不可确指。"而今才道当时
错"为此词主旨，亦是最有力度的一句，正如梁启超所云，有
"哀乐无常"的感慨，是"情感热烈到十二分，刻画到十二分"
（《中国韵文里头所表现的情感》）。因为人生有一种悲剧就在
于：时光向前，永远都不可能回到过去！换言之，有的错误，
一旦犯下了，就有可能成为一辈子的悔恨。令词人如此痛悔
的一定是一段错过或者错误的爱情。

　　性德一生至少经历过四段"错误"的爱情：第一次错误
是他的初恋。少年时代，尽管他和恋人有过山盟海誓，但外在
的压力迫使两人不得不分手，性德对这段初恋的悲剧悔恨不
已。第二次错误，是性德和卢氏的婚姻。这段婚姻只持续了
短短的三年，卢氏便撒手人寰，这是性德一生中最大的损失。
这段爱情，不是人为的错误，而是命运的错误，是上天过早地
夺走了他最爱的人。第三次错误是性德的第二次婚姻。原配
卢氏去世以后，性德续娶官氏。对于第二次婚姻，性德极少在

自己的文字里提到,可还是有一些蛛丝马迹,让我们不难猜到,他和官氏的婚姻并不幸福,至少无法与卢氏相比,这是一段缺少爱的婚姻。第四次错误的爱情,是性德在生命的最后阶段与江南才女沈宛的恋情。经好友顾贞观做媒,性德于康熙二十三年(1684)纳沈宛为外室,性德时年三十岁。但这段爱情亦以悲剧告终,一说沈宛执意离京,性德苦留不住。如此说成立,则从此阕词意来看,指为沈宛之恋或更确切。"情知此后来无计,强说欢期",分手的时候,他们还强作欢颜,努力想安慰对方,努力想留住回忆中最欢乐的时光,然而一切的努力都是徒劳。"落尽梨花月又西",下片以景作结,蕴无尽凄凉无奈之意。

1　才道：才知道。
2　红泪：女子的眼泪。

台城路 [1]

塞外七夕

白狼河北秋偏早[2]，星桥又迎河鼓[3]。清漏频移[4]，微云欲湿，正是金风玉露[5]。两眉愁聚。待归踏榆花，那时才诉。只恐重逢，明明相视更无语。　　人间别离无数。向瓜果筵前[6]，碧天凝伫。连理千花，相思一叶[7]，毕竟随风何处。羁栖良苦[8]。算未抵空房[9]，冷香啼曙。今夜天孙，笑人愁似许[10]。

纳兰性德一生于七夕羁留塞外共两次，一次为康熙二十二年(1683)，一次为康熙二十三年(1684)，两次皆为扈从康熙帝出行。此词盖为此两年中之七夕而作。七夕古为女子乞巧或与恋人定情之日，因此，此词虽以边塞为背景，重点却在渲染"羁栖良苦"的悲情；虽无边塞词苍茫阔大之意境，却极尽凄婉缠绵之柔情。词人扈驾出行塞外，词中却仅有起句"白狼河北秋偏早"一句点明季节和地点，此外主要以牛郎、织女之神话为轴层层铺垫出词人羁留塞外的离情别绪，以及独守空闺之人相思怀远之愁，以天上牵牛、织女的相聚，衬托人间儿女的别离。世间儿女,虽有祈求如牛郎、织女鹊桥相会般圆满的虔诚,无奈行役之人身不由己,只能在"人间别离无数"的悲戚中叹息。性德此类作品"逼真北宋慢词"(谭献语,见《箧中词》评语),颇有秦观、柳永风度。

1　《台城路》:又名《齐天乐》《五福降中天》《如此江山》。一百零二字,前后片各六仄韵。农历七月初七为七夕。

2　白狼河:即辽宁省西部大凌河,汉唐时称白狼水,流经河北、辽宁、内蒙古等省区。此处应是泛指边塞河流。

3　星桥:银河,即传说中的七夕鹊桥。河鼓:又名黄姑、天鼓,即牵牛星。

4　清漏:古代滴水计时的仪器称为"漏"。

5　金风玉露:金风,秋风。古人认为西方为秋而主金,因此秋风也称金风。玉露,晶莹的露珠。晚唐诗人李商隐有《辛未七夕》诗云:"由来碧落银河畔,可要金风玉露时。清漏渐移相望久,微云未接过来迟。"北宋词人秦观《鹊桥仙》词有"金风玉露一相逢,便胜却、人间无数"两句。

6　瓜果筵:七夕是传说中牛郎、织女鹊桥相会的日子。相传织女美丽善良,心灵手巧,因此古时风俗女子于七夕夜要在庭院中摆上时令瓜果,穿针引线,祈求像织女一样心灵手巧,故七夕又名乞巧节。因为牛郎织女的浪漫爱情神话,七夕节后又演变为凡间儿女祈求美满姻缘的日子。白居易《长恨歌》中曾这样描写唐玄宗和杨贵妃的爱情:"七月七日长生殿,夜半无人私语时。在天愿作比翼鸟,在地愿为连理枝。"

7　相思一叶:据孟棨《本事诗》载,唐诗人顾况在洛阳时,于流水上偶得大梧叶,叶上题诗:"一入深宫里,年年不见春。聊题一片叶,寄与有情人。"

8　羁栖良苦:此处言塞外漂泊羁旅之人的相思、思家之苦。

9　空房:此处言在家独守空闺的女子相思怀远之苦。

10　天孙:即织女星。笑人:七夕之时,连分离一年的牛郎织女尚能相会于鹊桥,凡间之人却仍然漂泊在外,不能与爱人相聚,所以为牛郎、织女所笑。

点绛唇[1]

对月

　　一种蛾眉[2]，下弦不似初弦好[3]。庚郎未老[4]。何事伤心早。　　素壁斜辉，竹影横窗扫。空房悄。乌啼欲晓。又下西楼了。

　　康熙十六年（1677），纳兰性德痛失妻子卢氏，由此词中"伤心早""空房悄"等句，词似作于卢氏初逝未久。词人沉湎于悼亡伤逝之中，故有对下弦残月悲叹之词。

　　上片借景抒情，"庚郎未老"，盖词人自比，卢氏去世之时性德年方二十三岁，正当青春年少，却永失他生命中唯一的红颜知己，故曰"伤心早"。

　　下片似乎纯粹写景，月移影动，衬托出的却是"空房悄"的孤独。失去伴侣的词人，空守着残月，从初升到破晓，又是一个不眠之夜，又是一个伤心之夜。句句写景，却句句言情，正是王国维所谓"一切景语，皆情语也"（《人间词话·卷中》）。

1　《点绛唇》：又名《点樱桃》《十八香》《南浦月》《沙头雨》，

四十一字,前片三仄韵,后片四仄韵。

2 一种:一样,同是。蛾眉:本为形容女子的眉毛像蚕蛾的触须一样弯曲细长,此处则将弯弯的月亮比喻成蛾眉的形状。

3 初弦:即上弦月,发生在夏历每月初八或初九。下弦月发生在夏历每月二十二或二十三日。下弦月月相如弓。上弦过后,月亮会逐渐变得丰满,至十五、十六日为"满月"。此处"下弦不似初弦好"为拟人化的情感表达,意思说初弦月离圆满更近,所以比下弦月越来越残缺要好。

4 庾郎:南北朝时北周著名文学家庾信,曾作《愁赋》《伤心赋》等。此处词人以庾信自比,暗喻伤心。

浣溪沙 [1]

消息谁传到拒霜[2]。两行斜雁碧天长。晚秋风景倍凄凉。　　银蒜押帘人寂寂[3]，玉钗敲竹信茫茫。黄花开也近重阳。

此悲秋词也。木芙蓉、雁、黄花等均为秋天常见意象。上片为动景亦为远景：木芙蓉绽放，大雁南归，释放出秋天的信息。可是此动态的景致在词人笔下并未作欢快雀跃之语，而是从歇拍"晚秋风景倍凄凉"一句转入下片的静景，亦是词人眼中的近景："银蒜押帘""玉钗敲竹"是景，"人寂寂""信茫茫"又从景中带出情，则景是凄凉秋景，情是凄凉情绪。低吟此阕，语调谐婉，情致缠绵，令人联想起北宋秦观的《浣溪沙》："漠漠轻寒上小楼。晓阴无赖似穷秋。淡烟流水画屏幽。　　自在飞花轻似梦，无边丝雨细如愁。宝帘闲挂小银钩。"意境何其相似，只是少游词多了一分轻灵飘逸，性德词却多了一分萧瑟低沉。

1　《浣溪沙》：又名《浣沙溪》《小庭花》《满院春》，原为唐教坊曲。四十二字，上片三平韵，下片两平韵，过片两句多用对偶。

2　拒霜：即木芙蓉。因木芙蓉八月始开，故名拒霜。

3　银蒜：铸成蒜形的银块，悬在帘下压重。

浣溪沙

欲问江梅瘦几分[1]。只看愁损翠罗裙。麝篝衾冷惜余熏[2]。　　可耐暮寒长倚竹，便教春好不开门。枇杷花底校书人[3]。

此阕起句即以"江梅"比拟意中女子，江梅并非梅中之最美者，但其韵高在于并不着意争春，处于"山间水滨"，疏瘦之体却具清寒之趣，可见女子在词人心中亦具有清高孤绝的幽雅情韵。该词确也呈现出凄清幽淡的情境，塑造出一位倚竹守望而不改初衷的女子形象，与杜甫《佳人》诗中"天寒翠袖薄，日暮倚修竹"之佳人形象异曲同工。结句"枇杷花底校书人"颇耐人寻味："校书人"本指唐代才貌双全的著名歌妓薛涛，则此词中女子身份或与薛涛相似，或疑此词盖为江南才女沈宛所作，可备一家之言。

1　江梅：野梅，花小而疏瘦，香味清幽。

2　麝篝：熏笼。

3　枇杷花底校书人："校书人"原指唐代歌妓薛涛。四川节度使韦皋欣赏薛涛才情，有意上报朝廷请求让薛涛担任校书郎的官职，此事虽未成功，薛涛"女校书"的才名却不胫而走。

薛涛居所位于成都郊外万里桥边，门外种着枇杷树，唐代诗人王建在诗中称她为"女校书"，并用"枇杷花下"来描述她的住所："万里桥边女校书，枇杷花里闭门居。"（《寄蜀中薛涛校书》）

浣溪沙

残雪凝辉冷画屏。落梅横笛已三更[1]。更无人处月胧明[2]。　　我是人间惆怅客，知君何事泪纵横。断肠声里忆平生。

在纳兰性德的所有小令中，这是一首极美丽又极惆怅的词。"残""冷""惆怅""泪纵横""断肠声"等词汇浓墨重彩地渲染出词人的愁情，然而愁情因何而生，词中却并未言明。也许是词人在寂静落寞的雪夜，听到了远处传来的笛声，词人并不知深夜不眠的吹笛人是谁，也不知吹笛人有何愁苦以至于笛声如此哀怨惆怅，催人泪下。然而词人却以己之心度人之心："我"亦是"人间惆怅客"，故能"知君何事泪纵横"，"平生"经历过的种种哀愁，唤起了"我"与素不相识的吹笛人的情感共鸣。在令人断肠的笛声中，素不相识且未曾谋面的吹笛人与听笛人成为惺惺相惜的知音。此词虽不一定是写实景，但其情其境，与《古诗十九首》中"西北有高楼"一诗同有天涯沦落之人、相逢何必曾相识的悲慨。

1　落梅横笛：汉乐府《横吹曲》中有《梅花落》曲，旋律哀怨惆怅。
2　更：绝。胧明：微明。

浣溪沙

睡起惺忪强自支。绿倾蝉鬓下帘时[1]。夜来愁损小腰肢。　　远信不归空伫望[2]，幽期细数却参差[3]。更兼何事耐寻思。

此词写闺思，因思而不得，遂觉生活之愁闷无趣。上片写生活情状，慵懒、无聊中带着淡淡的愁情，是"果"；下片则写"因"，远信不至，幽期参差，才是女子心情愁损的原因所在。此词注重写动作、情态，惺忪、下帘、伫望、细数，衬写心情，细腻而到位。而"强自支""空伫望""细数却参差"等，则写出了一种情感的力度。结句由闺思而逸出，"何事耐寻思"？写尽生活万般之无趣，是用力最大之句。看来女子之愁，除了信函不通、约会屡失之现象外，也有一种更深沉的担忧在内。

1　蝉鬓：古代女子发式。绿鬓指乌黑而有光泽的鬓发，此为形容女子年轻美貌。
2　伫望：凝望，等待。
3　幽期：男女间的私约。参差：蹉跎，错过。

浣溪沙

西郊冯氏园看海棠，因忆《香严词》有感[1]

谁道飘零不可怜[2]。旧游时节好花天[3]。断肠人去自今年[4]。　　一片晕红才著雨[5]，几丝柔绿乍和烟[6]。倩魂销尽夕阳前。

——　龚鼎孳有《菩萨蛮》："那禁风似箭，更打残花片。莫便踏花归，留他缓缓飞。"纳兰性德此词"谁道飘零不可怜"与龚词意蕴相近，皆借海棠花开花落，吟咏时光流逝、人事飘零之感。然此词当作于龚鼎孳卒后，并寓追忆龚氏之意，遂使得海棠花之飘零尤增悲悼之情。"倩魂销尽"句，亦是将身世之感打并入艳情的传统词法，并非实指女性或艳情，盖以花喻人而已。前人认为此词"柔情一缕，能令九转肠回"，颇寓物是人非之叹。

——　1　西郊冯氏园：明万历时太监冯保之园林，在北京阜成门外。《香严词》：清代著名词人龚鼎孳(1615—1673)，字孝升，号芝麓，合肥人。其寓所有"香严斋"，其词集初称《香严词》，后定本名《定山堂诗余》。龚词清丽，风格多样。康熙十二年

（1673）春，十九岁的纳兰性德参加会试，龚鼎孳为主试官，遂与性德有师生之谊。同年九月，龚鼎孳卒于京师寓所，年五十九。

2　谁道飘零不可怜：指海棠花枯萎凋零，亦暗指人事飘零。

3　旧游时节：冯氏园的海棠是清代初年的风景名胜，龚鼎孳经常前往欣赏并作词多首。此词或为龚鼎孳去世之后纳兰性德回忆旧游之作。

4　人去：指龚鼎孳去世。

5　晕红：古代女子化妆，在手掌中调匀胭脂，然后敷于两颊，颜色浓艳者为"酒晕妆"，浅淡者为"桃花妆"。此处以女子妆容喻海棠花色。著雨：指海棠花在雨中的楚楚可怜状。

6　柔绿：柔软的柳条。和烟：指柳丝笼罩于烟雨中。

浣溪沙

　　记绾长条欲别难¹。盈盈自此隔银湾²。便无风雪也摧残。　　青雀几时裁锦字³，玉虫连夜剪春幡⁴。不禁辛苦况相关⁵。

　　此词由现境而回想当年，离别、相思、期盼与别后困顿次第写来，情深意厚，令人动容。上阕从离别直写至今，"自此"二字绾合今昔，时间段落颇为分明。起句言别离之时，次句言别离之初，此后便集中写当下景况与心境。"盈盈"句乃从《古诗十九首》"盈盈一水间，脉脉不得语"化出，而用意更为婉转，盖此离别有不得已者在。"便无"一句既写别离之凄惨，也涵括了别后流离之情形，"风雪"一词兼含自然风雪及相关隐喻。下阕写现时思念，但一种相思，两处落笔，词人之企盼，遥想女子之裁书作字、描剪春幡，虽稍慰苦思，但毕竟仍未能相聚。此词隐约之中，或有本事。

1　绾：缠绕打结。长条：柔长的柳条。古代有折柳送别的风俗。柳又谐"留"音，有挽留、不舍之意。
2　盈盈：清澈的样子。银湾：银河。
3　青雀：青鸟。古人认为青鸟为传递书信的使者。锦字：书信,尤指女子寄给爱人的书信。

4　玉虫:灯花。春幡:古代有立春日裁剪缯绢为小旗,簪在家
人头上或缀在花枝下,称为春幡。

5　况:正,适。

浣溪沙

谁念西风独自凉。萧萧黄叶闭疏窗[1]。沉思往事立残阳。　　被酒莫惊春睡重[2]，赌书消得泼茶香[3]。当时只道是寻常。

　　此阕既用李清照和赵明诚赌书泼茶故事，则词旨亦应为悼亡。性德常借赵、李夫妻来自比与卢氏琴瑟相谐的婚姻生活。上片写实景，以眼前所见所感之凄凉秋景为起，最终定格在"沉思往事立残阳"的词人身上。下片转入虚景，揭示词人所沉思的"往事"，即回忆的内容："被酒莫惊春睡重，赌书消得泼茶香。"这是铺陈当年词人和妻子在一起对饮酣醉、赌书泼茶的幸福时光。然结句"当时只道是寻常"使幸福时光来不及延续便戛然而止——一切幸福已永远停留在"当时"。此词通过虚实对比、今昔对比、哀乐对比来衬托性德与卢氏婚姻的幸福，以及幸福骤然消逝带给词人的巨大悲痛。一句看似轻描淡写的"当时只道是寻常"，蕴含着词人多少刻骨铭心的相思和追悔莫及的痛苦：原来最平凡的相守才是最幸福的人生，只是当时并不懂得珍惜，只有失去之后才能痛彻心扉地感到当初的拥有是多么珍贵。

1　疏窗：雕有镂空花纹的窗户。

2　被酒：醉酒，酒酣。

3　赌书消得泼茶香：用宋代女词人李清照和丈夫赵明诚故事。李清照曾云，其与丈夫在家乡屏居时常在书房中烹茶赌书："指堆积书史，言某事在某书某卷第几叶第几行，以中否角胜负，为饮茶先后。中即举杯大笑，至茶倾覆怀中，反不得饮而起。"（《金石录后序》）

浣溪沙

　　十八年来堕世间[1]。吹花嚼蕊弄冰弦[2]。多情情寄阿谁边[3]。　　紫玉钗斜灯影背[4]，红绵粉冷枕函偏[5]。相看好处却无言。

　　此词吟咏恋情，所恋女子疑为歌女。因词中所用柳枝姑娘、霍小玉等故事，其身份皆为歌女。康熙二十三年（1684）底，性德纳江南歌女沈宛为外室，则此词或为沈宛所作，所引歌女典故契合其身份，"吹花嚼蕊弄冰弦"句亦说明女子之多才多艺。性德结发妻子卢氏殁后，性德虽续娶官氏，又有侧室颜氏，但似乎只有沈宛的出现，才再度激发了性德对于爱情的渴望。性德自称多情之人，此词"多情情寄阿谁边"句，真有"众里寻他千百度，蓦然回首，那人却在、灯火阑珊处"的惊喜；结句"相看好处却无言"，又有情到深处，此时无声胜有声的感叹。性德擅写小令，此阕香艳却不轻浮，堪称清新婉丽之佳作。

1　十八年来堕世间：传说汉代才子东方朔（字曼倩）在汉武帝身边十八年，谓岁星下凡十八年。李商隐《曼倩辞》因有"十八年来堕世间"诗句。

2 吹花嚼蕊:吹花,即吹叶,衔叶吹出乐声。嚼蕊:嚼花蕊,使口舌生香。晚唐诗人李商隐曾作《柳枝诗序》,记载了歌妓柳枝的故事,谓柳枝姑娘善音律,能"吹叶嚼蕊",丝竹管弦皆通。冰弦:用冰蚕丝制成的琴弦。此为琴弦的美称。

3 阿谁:何人。

4 紫玉钗:女子头饰。语出唐代传奇《霍小玉传》,霍小玉也是一名歌女。

5 枕函:匣状的枕头。古代枕头以木或瓷制成,中间镂空可储物,故称枕函。

浣溪沙

肠断斑骓去未还[1]。绣屏深锁凤箫寒[2]。一春幽梦有无间。　　逗雨疏花浓淡改，关心芳草浅深难。不成风月转摧残[3]。

　　此词写春日闺思，上阕写女子落寞心境，下阕写风雨送春，景由情出，凄苦风雨映衬孤寂心情，倍增其感。起句即将当初离别之痛苦倾泻而出，此后一春所思所想，便都浸染在这种对离别的回忆之中。幽梦情景如何，不得而知，但纵然梦中"一晌贪欢"，也难掩梦醒后绣屏深锁、凤箫空寒之冷清。过片二句写对春归的无奈，对偶工整而意思丰满，既写出了风雨之下，秾艳之春花渐趋黯淡的事实，又写出了自己虽有惜春之心，却难以留春的无力之感。结句将春日风月之期盼与风雨摧花之现象对写，收束有力。从字面上看，通阕写人与自然的矛盾，其实这种矛盾都是建立在伊人未还的情境之中，故移情入景，方才生出这种种矛盾。

1　斑骓：杂色花纹的马匹。
2　凤箫：排箫，其形参差，如凤之翼。
3　不成：难道。风月：暗喻男女情爱。

画堂春[1]

一生一代一双人。争教两处销魂[2]。相
思相望不相亲。天为谁春。　　浆向蓝桥易
乞[3]，药成碧海难奔[4]。若容相访饮牛津[5]。相
对忘贫。

此词题旨颇有争议，有人认为此乃性德为初恋女子所作，
亦有人认为此阕亦悼亡之作，姑从后者。因起句即是撼人心
魄的"一生一代一双人"，表明生死相许的爱情态度。后用三
对神仙夫妻的故事：裴航与云英、后羿与嫦娥、牛郎与织女，
似是以神仙眷侣的故事来自比词人与卢氏的婚姻。"若容相
访饮牛津"句则言爱人在天，词人欲追寻相会，却恨天上人间
其实无路可通。结句"相对忘贫"更是"词眼"。唐代诗人元
稹的悼亡诗中有这样两句："诚知此恨人人有，贫贱夫妻百事
哀。"（《遣悲怀》其二）元稹在和原配妻子韦氏结婚时，还只
是一介贫寒书生，可出身官宦之家的韦氏却能和丈夫共处患
难，俭朴持家，过着虽然困窘却精神富足的生活。性德词中的
"相对忘贫"很可能是受到元稹诗歌的启发，表达了夫妻之间
的爱情远远重于物质利益的观点。

1 《画堂春》:此调初见于秦观《淮海居士长短句》。四十七字,前片四平韵,后片三平韵。

2 争:怎。

3 浆向蓝桥易乞:唐传奇记载秀才裴航途径蓝桥驿时,向一老妇人讨得一碗琼浆解渴,后娶得老妇人之女云英为妻,夫妻一起得道成仙。

4 药成碧海难奔:此句用后羿妻子嫦娥窃得长生不老药奔月成仙的神话传说。

5 饮牛津:喂牛喝水的天河渡口,此指天河。此处用牛郎织女神话。

蝶恋花[1]

辛苦最怜天上月。一昔如环[2]，昔昔都成块[3]。若似月轮终皎洁。不辞冰雪为卿热[4]。　　无那尘缘容易绝[5]。燕子依然，软踏帘钩说。唱罢秋坟愁未歇。春丛认取双栖蝶[6]。

———

此阕为悼亡词。起首三句即以"月"之圆缺引发人生不圆满的感叹。然而月再辛苦犹能盼来一月一圆，人面临的却是永远的分离。歇拍"不辞冰雪为卿热"句是此词中最令人震撼的爱情誓言：只要能够挽回妻子的生命，那么词人也像荀粲那样，愿意为此付出一切代价，包括生命！

这样一首充满悲壮情怀的悼亡词，结句"春丛认取双栖蝶"却似乎洋溢着淡淡的喜剧色彩：在花丛中翩翩起舞的一双蝴蝶，是春天里很美好的景色。这好像是词人给这首悼亡词安排的一个"光明的尾巴"，可透过表面上这一点喜剧色彩，我们看到的是更浓厚的悲情——死后魂魄化为蝴蝶双飞双宿，那终究是神话！这也是所谓"以乐景写哀，一倍增其哀感"的写法，用快乐来反衬悲哀，悲哀会显得更加浓厚。

1 《蝶恋花》:唐教坊曲,又名《鹊踏枝》《凤栖梧》。双调六十字,上下片各四仄韵。

2 昔:同"夕",夜晚的意思。环:本指圆环形玉,此处比喻满月。

3 玦:半环形有缺口的玉。此处比喻残月。

4 不辞冰雪为卿热:三国时候魏国名士荀粲,与妻子感情深厚。妻子高烧不退,荀粲不惜在冰天雪地中让自己的身体先冻冷,再回到室内将冷身贴在妻子身上,为妻子"物理降温"。后妻子不治身亡,荀粲亦郁郁而卒,年仅二十九岁。此句性德以荀粲故事来比喻自己对妻子的深情。

5 无那:无奈。

6 双栖蝶:用梁山伯与祝英台故事,蝶为梁、祝之魂化而成。此句谓性德希望自己死后也能与妻子一起化为蝴蝶,双栖双宿。

蝶恋花

眼底风光留不住。和暖和香，又上雕鞍去。欲倩烟丝遮别路[1]。垂杨那是相思树。　　惆怅玉颜成间阻[2]。何事东风，不作繁华主。断带依然留乞句[3]。斑骓一系无寻处。

———

此为闺怨词。上片言离别："和暖和香，又上雕鞍去。"谓征人远去。下片言别后相思哀怨："何事东风，不作繁华主。"古典诗词中常以"东风"喻男子，因东风为春色之主宰，就如同男子为女子命运的主宰。男子羁旅奔波，还有谁能呵护怜惜女子的青春红颜？结句云"斑骓一系无寻处"，则男子远行未知何处，女子相思没有着落，淡淡幽怨，可谓语浅情深。此句令人联想到北宋欧阳修的《蝶恋花》（几日行云何处去），其"百草千花寒食路，香车系在谁家树"句亦是抒发闺中怀远之情思，结云"依依梦里无寻处"和此阕之"斑骓一系无寻处"更是神似。

———

1　倩（qiàn）：请，借助。

2　间阻：阻隔。

3　断带：用唐代诗人李商隐遇柳枝姑娘故事。柳枝姑娘慕李商隐才名，手断长带，赠李商隐以乞诗。

蝶恋花

又到绿杨曾折处。不语垂鞭，踏遍清秋路。衰草连天无意绪。雁声远向萧关去[1]。　　不恨天涯行役苦[2]。只恨西风，吹梦成今古。明日客程还几许。沾衣况是新寒雨。

"不恨天涯行役苦"，此词或为纳兰性德于康熙二十一年（1682）奉旨率军宣抚西域各少数民族部落途中所作。时值清秋，故上片"衰草连天无意绪。雁声远向萧关去"两句点染边塞独有之秋景，极萧瑟又极辽阔苍茫，与行役之人的种种复杂情绪融合无痕，情景兼胜，意味深长。过片先云"不恨"，继云"只恨"，则词人心情之矛盾更趋显豁。作为朝廷重臣，身负宣抚边塞的重任，词人本应豪气干云，可是在性德的边塞词中，寂寞寥落的行役之苦远远浓过建功立业的豪情壮志。究其因，则是性德的理想与现实产生了巨大矛盾：他向往着人格独立、精神自由的生活，然而相门公子、天子近臣的身份又让他无法挣脱现实的羁绊。"明日客程还几许"，这是对身不由己、无休无止的行役生涯的厌倦；"只恨西风，吹梦成今古"，这是梦想不能实现的无奈悲叹。性德的边塞词由此呈现出浓厚的悲凉情绪，旁人眼中天子近臣的荣耀，在性德看来，不过是灵魂的桎梏而已。结云"沾衣况是新寒雨",则寒冷的不仅是沾衣之秋雨,更是词人此刻的心境,情景交融,一味凄感。

1　萧关:古代关名。故址在今宁夏固原东南,是自关中通往塞北的交通要塞。
2　行役:本指因服兵役而在外跋涉。

蝶恋花

萧瑟兰成看老去[1]。为怕多情，不作怜花句。阁泪倚花愁不语[2]。暗香飘尽知何处。　　重到旧时明月路。袖口香寒，心比秋莲苦。休说生生花里住[3]。惜花人去花无主。

"萧瑟兰成看老去"，性德英年，却频发才子衰老之叹，盖因爱妻卢氏的去世，带走了性德人生乐趣之大半，徒增其生命无情流逝的悲戚。想当年，词人与妻子在花前依偎私语，相约要"生生花里住"，那曾是多么温馨的二人世界。可是言犹在耳，妻子骤然逝去，"暗香飘尽知何处"，亡妻的一缕香魂，如今在何处飘零呢？这凄冷的人世间，只剩下词人独自倚花含泪，"惜花人去花无主"。此词句句惜花怜花，实喻词人自怜自苦之深意。

1　兰成：南北朝时北周文学家庾信小字，杜甫曾有诗句："庾信平生最萧瑟，暮年诗赋动江关。"（《咏怀古迹》）

2　阁泪：含泪。

3　生生：一生一世。

蝶恋花

夏夜

露下庭柯蝉响歇。纱碧如烟、烟里玲珑月[1]。并著香肩无可说。樱桃暗解丁香结[2]。　　笑卷轻衫鱼子缬[3]。试扑流萤、惊起双栖蝶。瘦断玉腰沾粉叶[4]。人生那不相思绝。

此词由结句可知乃是对当年婚恋生活的追忆之作，而"双栖蝶"意象亦与性德追忆妻子卢氏而有"满庭蝴蝶儿"相合，故词中与词人深宵并肩、暗解愁肠者，当亦为卢氏。上阕以写景为主，着力描写夏夜静谧安详之景，将听觉上的"蝉响歇"与视觉上的"玲珑月"合写，深得意境之妙。"并肩"二句则将视野从宽泛之夏夜而定格到两个人身上，静谧之景带来的却是难以排解的愁思。作者重点写出了女子的聪慧与善解人意，使得词人满怀幽思得以释去，知己之感油然而生。下阕则因愁思消解，而转写女子轻卷衣衫，试扑流萤，惊起双蝶之情形，可见其当年生活之趣味。与上阕重点写静景不同，下阕则以写动景为主，此盖缘于心情不同之故。结句点明此词非写现时实境，乃追忆而已。而用"相思绝"来写当下心境，则前写种种快乐,适成现境悲凉之映衬。悲喜之中,感慨深沉。

———

1　玲珑:清澈明亮的样子。

2　樱桃:比喻美女嘴唇如樱桃般红润小巧。丁香结:比喻愁绪如丁香花蕾般层层郁结。樱桃暗解丁香结:比喻女子的善解人意排解了愁思。

3　缬(xiè):扎染,一种特殊的染色法,一般以花纹图样命名。鱼子缬:如鱼子花纹的丝织品。

4　玉腰:蝴蝶。

蝶恋花

出塞

今古河山无定据[1]。画角声中[2]，牧马频来去[3]。满目荒凉谁可语。西风吹老丹枫树。　　从前幽怨应无数。铁马金戈，青冢黄昏路[4]。一往情深深几许。深山夕照深秋雨。

此阕或为性德于康熙二十一年（1682）秋觇梭伦途中所作，此时正为性德仕途最为得意之时。一千多年前，昭君出塞尽管满怀离别中原的幽怨，但和亲毕竟给汉王朝带来了长时间的和平；一千多年后，性德出塞的目的，也是为了安抚西域的各少数民族，稳定清王朝的西北边疆。昭君出塞与性德出塞，方式不同，目的却是一致的。因此，性德才感慨万分地写下了这首词。然而，尽管词人是率领千军万马，浩浩荡荡经过昭君墓，可在他的笔下，那种建功立业的豪情并不明显，反而是这些关键词很抢眼："满目荒凉""从前幽怨"……这说明性德对人生、对历史的理解，已经超越了繁华热闹的表象，他从历史的沧桑变化中，看到了人性当中最本质不变的东西，那就是内心深处的情感——"一往情深深几许"。山河会变迁，王朝有兴亡,昔日逐鹿的喧嚣战场,如今却已满目荒凉,可见世事无定数,只有内心的至情才会永恒不变。这种至情,其实就是对人生的一种悲悯情怀,是对历史兴亡的深刻观照。结句"深山夕照深秋雨"更以自然之永恒淡定反衬历史的翻云覆雨,将已经推向高潮的情感再用含蓄的方式收拢,可见性德对词之婉约传统的坚守及其技巧之高妙。

1　定据:一定的准则。

2　画角:一种管乐器,出自西羌,用竹木或皮革制成,古时多用于军中,以警昏晓。

3　牧马频来去:喻北方民族多次南侵中原。

4　青冢:俗称昭君墓,传说陵墓上草色常青。在今内蒙古呼和浩特市郊。

河传 [1]

　　春残。红怨。掩双环[2]。微雨花间画闲。无言暗将红泪弹。阑珊。香销轻梦还。　斜倚画屏思往事，皆不是[3]。空作相思字。记当时。垂柳丝。花枝。满庭胡蝶儿。

　　此词为性德早年所作(康熙十五年前)，主题为闺思，以春夏之交为背景，写女子万般寂寞之感。歇拍"香销轻梦还"一句带出的并非是曾经快乐的情感记忆，而只是柳丝轻垂、花枝四布、蝴蝶满庭之旖旎春景而已。从女子追思往事而言"皆不是"，以及当下"空作相思字"的描写来看，大好春景之时，似乎并未发生女子深所期盼之事。所以，与一般的闺思不同，此词虽也是写闺中之思，但却没有明确的情感经历可述。只是在春日将残、灯火阑珊之时，在一个封闭的空间，对着无声的画屏暗自垂泪而已。既无人无事可思，却不禁相思之意，其情之沉重真是脉息可闻。

1　《河传》:唐宋人所作《河传》，各家句读韵脚极不一致。

2　双环:门环。

3　皆不是:皆不遂意。

金缕曲[1]

赠梁汾[2]

德也狂生耳[3]。偶然间、缁尘京国[4]，乌衣门第[5]。有酒惟浇赵州土[6]，谁会成生此意[7]。不信道[8]、遂成知己。青眼高歌俱未老[9]，向樽前、拭尽英雄泪。君不见，月如水。　　共君此夜须沉醉。且由他、蛾眉谣诼[10]，古今同忌。身世悠悠何足问，冷笑置之而已。寻思起、从头翻悔。一日心期千劫在[11]，后身缘[12]、恐结他生里。然诺重[13]，君须记。

前人评价性德工于小令，长调却多有疵病，而康熙十五年(1676)性德结识顾贞观后创作的这首《金缕曲》却是其成名之作，词势纵横跌宕，词情率真磊落，此词一出，京师中竞相传抄，有洛阳纸贵之喻。此阕乃性德为顾贞观画像题词，有版本副题作"题顾梁汾侧帽投壶图"。可知画像中顾贞观头上的帽子是侧戴着的，丰神俊朗如世外之人，性德为之心折，遂为莫逆之交。同年，性德初次刊刻其词集，即名为《侧帽词》，可见顾贞观对其影响之深。此词题旨有三：其一，自明心迹。"德也狂生耳"，起句便劈空而下，颇具排山倒海之气势，表明自己和顾贞观一样,也是一介狂生,重情重义重才华,并不以自己的贵族门第为意。其二,表达对友谊的珍重。顾贞观曾有词和性德,其后附跋云:"岁丙辰,容若年二十二,乃一见恨识余之晚。"上片云"不信道、遂成知己",可见与顾贞观之相知实乃性德意外之喜。结云"然诺重,君须记",君子一诺千金,以生命的承诺来维护友谊之真纯,性德之谓也。其三,对小人猜忌的藐视和对顾贞观的理解与安慰。性德与顾贞观二人身份悬殊巨大,一个贵为相门公子,一个仅仅是清贫的江湖文人,年龄亦相差十八岁。但他们的心灵相通超越了身份和年龄的距离,很快成为忘年之交。其时颇有流言蜚语,诽谤顾贞观与性德的结交是攀附权贵,趋炎附势。对此,性德的态度是"身世悠悠何足问,冷笑置之而已"!亦借此安慰顾贞观,不要理会小人的谗忌。两人的知己情谊不仅要延续今生,来世还要再续前缘。此阕情思厚重,沉郁顿挫,与性德小令之凄清婉丽风格迥异,然赤子之心则一。

1　《金缕曲》:又名《贺新郎》《乳燕飞》《貂裘换酒》。一百十六字,前后片各六仄韵。

2　梁汾,顾贞观号。顾贞观(1637—1714),字华峰,号梁汾,江苏无锡人,擅诗词,有《弹指词》。康熙十五年(1676)与纳兰性德结识,遂为至交好友、终身知己。

3　德：性德自称。

4　缁尘京国：京国即京城。缁尘，黑色的灰尘。此谓扬起的灰尘染黑了衣服，形容京师繁华之地。

5　乌衣门第：本指南京乌衣巷，东晋的时候此处曾是王导、谢安等高门大族聚居的地方。后泛指贵族门第。

6　赵州：战国时期著名的四公子之一赵国平原君赵胜。平原君礼贤下士，喜欢广交宾客，门下集结数千门客，可谓贤人毕集，为一时之胜。"有酒惟浇赵州土"句谓"我"要把酒洒在平原君赵胜的坟土上，表达"我"对他的追慕之情。意谓愿像平原君那样，广交天下英雄。

7　成生：纳兰性德原名纳兰成德，又称成容若，因避皇太子保成讳改纳兰性德。后皇太子改名胤礽，因此性德也往往以成德、成生自称。会：知道，理解。

8　不信道：道，竟然。谓与顾贞观一见如故，相见恨晚，竟不敢相信自己能遇到真正的知己。

9　青眼：典出魏晋名士、竹林七贤之一阮籍。据说阮籍能翻青眼和白眼。看到志不同道不合的人，阮籍就白眼相看，不予理睬；遇到高人雅士，阮籍便青眼相加，视为知己。因此古典诗词中"青眼"表示对朋友的敬重。

10　蛾眉谣诼："蛾眉"本指女性画眉形似蚕蛾的触须一般弯曲细长，后泛指美女。屈原曾用"蛾眉"自比。谣诼：造谣诽谤。屈原因为遭小人猜忌排挤,他满怀悲愤地把自己比作遭人嫉妒、被人陷害的美女,"蛾眉"也就从原本的美女变成了形容才德出众、被小人嫉妒排挤的贤臣。

11　千劫:佛家以天地的一轮形成与毁灭为一劫,佛家的"一劫"相当于儒家说"一生一世"。"千劫"即永远、永恒。心期:两心相许,成为知己。

12　后身缘:来世的情缘。

13　然诺:即承诺。重:郑重。

金缕曲

简梁汾，时方为吴汉槎作归计[1]

　　洒尽无端泪。莫因他、琼楼寂寞[2]，误来人世。信道痴儿多厚福，谁遣偏生明慧。莫更著、浮名相累。仕宦何妨如断梗，只那将、声影供群吠[3]。天欲问，且休矣。　　情深我自判憔悴[4]。转丁宁、香怜易爇，玉怜轻碎[5]。羡杀软红尘里客[6]，一味醉生梦死。歌与哭、任猜何意[7]。绝塞生还吴季子[8]，算眼前、此外皆闲事。知我者，梁汾耳。

　　康熙十五年(1676)，顾贞观曾有《金缕曲》两首寄吴兆骞，其时性德初识顾贞观，读顾词后大为感动，甚至为之泪下，遂郑重承诺全力营救吴兆骞，此词应作于此时。上片多慰藉顾贞观之辞，亦是对众多恶意猜测攻讦的不屑与反驳，谓两人友谊实基于情意相投，相见恨晚，而非顾贞观追名逐利的手段。下片转而详述自己对这份友谊的珍视，对知己的肺腑深情。性德郑重承诺"绝塞生还吴季子"，并排除万难兑现诺言，更是他义薄云天之举。当代词学家夏承焘先生曾云：

"所谓'绝塞生还吴季子,算眼前、此外皆闲事。知我者,梁汾耳',其一往情深如此。"可见性德之至情至性。

1　吴汉槎:吴兆骞,字汉槎(1631—1684),江苏吴江人。因顺治十四年(1657)科场案被牵连,流放宁古塔二十三年。吴兆骞为顾贞观好友,顾贞观结识性德后,遂求助于纳兰明珠、性德父子。性德被顾贞观的至诚所感动,以五年为期,允诺将倾尽全力施以援手。后经性德多方营救,五年后,吴兆骞果于康熙二十年(1681)被赦还北京,时五十一岁。此词或作于顾贞观向性德求助后不久。简梁汾:写给梁汾的信札。简,即书信。

2　琼楼:本意为神仙世界中的亭台楼阁或月宫。此处或指朝廷。

3　声影供群吠:出自成语"一犬吠影,百犬吠声"。顾贞观与纳兰性德结为至交后,频繁出入时任吏部尚书的明珠府第,时人遂不乏以"趋炎附势"猜忌中伤者。性德深知顾贞观秉性,其视仕宦如断梗残枝,微不足道,然"群吠"汹汹,实在冤枉悲哀。此为慰藉、怜惜顾贞观之语。

4　判:拼,甘愿之意。此句谓对挚友一往情深,即便为此憔悴亦心甘情愿。

5　丁宁:同"叮咛",一再嘱咐。爇(ruò):点燃。香易燃,玉易碎,喻贤良之人易遭人陷害。

6 软红尘:都市飞尘,喻指京城繁华。软红尘里客,喻热衷于功名利禄之人。

7 任猜:任凭他人猜测。

8 绝塞生还吴季子:吴季子,春秋时吴国贤公子季札,封于延陵,人称延陵公子。此处代指吴兆骞。让吴兆骞能够从塞外生还,是性德对顾贞观的千金一诺。

金缕曲

慰西溟[1]

　　何事添凄咽。但由他、天公簸弄[2]，莫教磨涅[3]。失意每多如意少，终古几人称屈[4]。须知道、福因才折。独卧藜床看北斗[5]，背高城[6]、玉笛吹成血。听谯鼓[7]，二更彻。　　丈夫未肯因人热[8]。且乘闲、五湖料理[9]，扁舟一叶。泪似秋霖挥不尽[10]，洒向野田黄蝶。须不羡、承明班列[11]。马迹车尘忙未了，任西风、吹冷长安月。又萧寺，花如雪[12]。

　　姜西溟年长纳兰性德二十七岁。康熙十七年（1678），西溟以博学鸿儒试举荐不及期，生活潦倒困顿，情绪沮丧低迷，性德遂赋此《金缕曲》以示安慰。同时友人如严绳孙、秦松龄等皆次其韵赋《金缕曲》表示对西溟的抚慰。所谓"福因才折"，性德在词中不仅对西溟的沉沦坎坷寄予深切同情，且又对其才华予以高度评价：难道是老天嫉妒友人的才华所以故意让他经历如许多磨难吗？词中慰藉可说是"语语打入西溟心坎"，其实西溟并非淡泊功名者，故与功名失之交臂时才会

感到"百忧萃止",但性德词中仍以"且承闲、五湖料理,扁舟
一叶"相慰,劝其莫为功名所役,何妨潇洒转身,闲看繁花似
雪,做一个无拘无束的江湖隐士呢? 此阕亦性德借他人酒杯
浇自己心中块垒耳。

1　西溟:纳兰性德友人姜宸英,字西溟,浙江慈溪人,江南三
布衣之一。康熙十七年,姜宸英来京赴博学鸿儒试,却因为举
荐不及时导致痛失考试良机。后来生活陷入困顿。性德遂将
西溟安顿于京城千佛寺,并时时周济,才缓解了姜宸英的拮
据。西溟此次寓居京城在康熙十七至十八年间,故该词当作
于康熙十八年(1679)。

2　簸弄:玩弄,拨弄。

3　磨涅:经受考验和摧折。

4　几人:多少人,极言其多。屈,委屈,冤屈。

5　藜床:简陋的床,古人常用来特指贫寒高士的床榻。

6　背高城:姜宸英寓居之千佛寺,靠近京城北城墙。

7　谯鼓:谯,望楼,高楼。曹昭《格古要论》:"世之鼓楼曰
谯楼。"

8　因人热:借人之力。

9　五湖:太湖。此处用春秋时吴越争霸的典故。越国范蠡帮
助越王勾践灭吴,功成身退,泛舟五湖。五湖料理:放弃功名,

归隐山林。

10　霖：久雨，连绵大雨。

11　承明：承明庐是汉代承明殿旁室，侍臣值宿的住所。后代诗文常以入值承明喻指入朝或在朝为官。班列：大臣上朝时的行列，此谓朝官。

12　花如雪：指随风飞旋飘舞的繁花似雪。

金缕曲

亡妇忌日有感[1]

　　此恨何时已。滴空阶、寒更雨歇，葬花
天气。三载悠悠魂梦杳[2]，是梦久应醒矣。料
也觉、人间无味。不及夜台尘土隔[3]，冷清
清、一片埋愁地。钗钿约[4]、竟抛弃。　　重
泉若有双鱼寄[5]。好知他、年来苦乐，与谁相
倚。我自终宵成转侧，忍听湘弦重理[6]。待结
个、他生知己。还怕两人俱薄命，再缘悭[7]、
剩月零风里。清泪尽、纸灰起[8]。

　　———康熙十九年(1680)五月三十日，为卢氏三周年忌日。三
年来，性德无一日不相思，无一日不悲苦。性德与卢氏，既有
相濡以沫的夫妻之爱，更有兴趣相投的知己之情。因此卢氏
的去世对性德而言，不仅仅是失去了生活的伴侣，更是失去了
灵魂的伴侣。

　　此阕"知己之恨"表达尤为强烈。起句"此恨何时已"即
直奔悼亡主题，可见其悲恨情绪喷薄而出，有无法遏止之势。
紧接三句忽然转入写景，以"寒雨滴空阶、花落无人惜"加重

悲愁情绪。词人被无休无止的痛苦所笼罩,他寄希望于无羁无绊的梦境,希望能在梦中与亡妻再度相见相守,然而"三载悠悠魂梦杳",词人的思念仍然无从慰藉。"是梦久应醒矣",恍如一声长叹,悲愁压抑许久终于爆发,凄凉无助之情顺势溢出,万千感慨遂至奔流不息。词人又寄希望于佛教,"待结个、他生知己",可是来生又是那么渺茫,此生陪伴词人的只有无尽的"清泪",只有年年忌日瑟瑟扬起的"纸灰",可谓"柔肠千转,凄然欲绝"。

此阕既渲染了亡妻独居阴间的黑暗清冷,又着力倾诉词人独处人间的凄凉无助;一个"冷清清、一片埋愁地",一个"终宵成转侧",夫妻俱为"薄命"之人,可谓血泪交融,"有人物活动,更突出主观抒情,极哀怨之致"(钱仲联《清词三百首》),堪为性德悼亡词之经典。

1　亡妇忌日:性德妻卢氏亡于康熙十六年(1677)五月三十日。

2　三载悠悠:从"三载"可知此词当作于康熙十九年(1680)五月三十日。

3　夜台:坟墓,阴间。

4　钗钿约:用唐明皇、杨贵妃爱情故事。陈鸿《长恨歌传》载唐明皇与杨贵妃以钗钿为定情信物。

5　重泉:黄泉,九泉。双鱼:代指书信。古人寄信藏于木函

中,函用刻为鱼形的两块木板制成,一盖一底,所以称之为
"双鱼"。

6　忍听湘弦重理:湘弦,琴瑟的弦称湘弦。此处或有喻意,因
妻子去世称断弦,再娶曰续弦。"重理"或即续弦之意。卢氏
殁后,性德续娶官氏。从词句似可猜测,性德作此词时尚未续
娶亦无心续娶。忍,岂忍。

7　悭(qiān):欠缺。缘悭,无缘。

8　纸灰:焚化纸钱时产生的灰烬。

南歌子[1]

古戍

　　古戍饥乌集，荒城野雉飞[2]。何年劫火剩残灰[3]。试看英雄碧血、满龙堆[4]。　　玉帐空分垒[5]，金笳已罢吹[6]。东风回首尽成非，不道兴亡命也、岂人为。

　　性德多次巡视塞外的亲身经历，使得其边塞词非闭门造车，而是多赋所见所闻，多抒真情实感。然其边塞词少有英雄建功立业的雄壮激昂，多有历史兴亡、世事沧桑的感慨。此词着笔亦非再现古战场昔日的激烈、英雄壮志凌云的慷慨，而重在描绘历经时光洗涤过后废弃古战场的荒凉，饥乌云集，野雉群飞。"英雄碧血"，是昔日的壮怀激烈；"东风回首"则是今日的荒芜衰败。"玉帐"是昔日的英雄将帅运筹帷幄之处，紧接一"空"字感叹英雄功业灰飞烟灭。"金笳"喻战争的号角声，又紧接着"罢吹"二字，极言战场今日的萧条。

　　由今昔对比导出性德独特的历史意识："不道兴亡命也，岂人为。"战场的血腥争斗，也许能成就一时的英雄，然而历史长河滔滔奔涌自有其兴亡顺逆的规律，又岂是人力可以左右！

————

1　《南歌子》：又名《南柯子》《风蝶令》。唐教坊曲。二十六字，三平韵。一般用对句起。宋人多用同一格式重填一片，谓之"双调"。

2　野雉：野鸡。起两句谓荒凉的古城只有饥饿的乌鸦聚集，野鸡乱飞，极言古戍废弃之久。

3　劫火：本意为世界毁灭时的大火，此处泛指兵火。

4　碧血：古人以忠臣志士所流的血为碧血。龙堆：白龙堆，汉代西域沙漠名，在新疆以东。后泛指塞外沙漠。

5　玉帐：征战时将帅军帐的美称。垒，堡垒。

6　笳：胡笳。流行于边塞的古乐器，发声悲亢。

眼儿媚[1]

林下闺房世罕俦[2]。偕隐足风流[3]。今来忍见，鹤孤华表[4]，人远罗浮[5]。　　中年定不禁哀乐[6]，其奈忆曾游。浣花微雨[7]，采菱斜日，欲去还留。

　　此为悼亡词。起句"林下闺房世罕俦"即盛赞妻子：像妻子这样具有林下风致的爱人，真是上天赐予的终生伴侣，人间又有几个男人能享受到这样的福气呢？性德愿和卢氏"偕隐足风流"，这和赵明诚夸李清照是"平生与之同志""真堪偕隐"的意思完全一致。他们不仅是生活上的伴侣，更是志趣相投的知己。下片"中年定不禁哀乐"，表明作此词时卢氏或已去世多年，心境萧瑟的性德自觉已步入多愁善感的中年，对生离死别的理解更甚于年少之时，而对妻子的刻骨思念仍一如往昔，未曾减弱半分。

　　前人有云："小令需天分、情致，长调需功力、气势。《饮水词》纯以天分胜，但苟无其个人遭遇与家世，无一往之深情，则虽有天分，亦无非侧艳小慧之作而已。《饮水词》以其情之真且深，为他人所少有也。"（朱庸斋《分春馆词话》）性德对亡妻的思念一直延续到了他生命的终点，其情之真之深，真为他人所罕有。

1　《眼儿媚》：又名《秋波媚》，四十八字，前片三平韵，后片两平韵。

2　林下：用东晋才女谢道韫故事。时人评价谢道韫有"林下风气"。"林下"即"竹林之下"。此词源于魏晋时代隐居于竹林之中的七位名士，以阮籍、嵇康为首，号为"竹林七贤"。此外，"竹林"还是佛教寺院的前身，称"竹林精舍"，故"竹林"在佛家教义中也有出世的意味。因此"林下风气"主要指飘逸脱俗、宁静淡泊的气质、风度。俦：伴侣。

3　偕隐：夫妻相伴隐居。用宋代赵明诚、李清照夫妻故事。赵明诚曾在李清照画像上题词："清丽其词，端庄其品。归去来兮，真堪偕隐。"谓妻子气质脱俗，性情淡泊，是隐居的好伴侣。

4　鹤孤华表：华表即石柱，常立于宫殿、城墙或陵墓前。传说辽东人丁令威学道成仙，化鹤停留于城门华表之上。此言人已故去。

5　罗浮：山名，在今广东省。传说赵师雄游罗浮山时梦一素服淡妆的美丽女子与之饮酒酣醉，醒来时发现自己在一棵大梅花树下，佳人已不见踪影。此句谓自己的人生恍若一梦，梦醒时分,妻子已不在身边。

6　中年定不禁哀乐:谓人到中年易为生离死别所伤怀。

7　浣花微雨:细雨洗涤花草。

眼儿媚

中元夜有感[1]

手写香台金字经[2]。惟愿结来生。莲花漏转[3]，杨枝露滴[4]，想鉴微诚。　　欲知奉倩神伤极[5]，凭诉与秋檠[6]。西风不管，一池萍水，几点荷灯[7]。

此阕为亡妻卢氏作无疑。词中频用佛教相关意象和词汇：香台、金字经、来生、莲花、杨枝露等等。性德词集名《饮水词》，"饮水"一词亦来自于佛家语："如人饮水，冷暖自知。"人世间的冷暖甘苦，只有经历过的人才最清楚，种种细微的感受是很难用语言表述出来的，那是一种无法与人分担与分享的孤独。性德原本是一个深受儒家思想影响的人，虽对佛学颇有研究，却并非佛教徒。其词中屡屡流露出虔诚求佛之意，实是因为卢氏的离世让性德深深体会到了宿命无常的无助与无奈。只有在佛教里，"惟愿结来生"才能成为一种精神寄托，亦是性德在中元夜祭祀妻子亡灵的唯一祈愿。卢氏去世以后，性德自取别号"楞伽山人"，同样源于佛家经典《楞伽经》，表达他对人世沧桑的空寂感与虚幻感。

对性德而言，佛教的信仰与其说是让他超脱世外，不如说是让他更加沉浸在现实的悲剧之中不能自拔。过片"神伤极"三字，一语道尽性德此生的忧思之深之重，当他痴痴地期盼着佛家所承诺的"来生"的时候，他越发无法忘怀现实的痛苦，"几点荷灯"又岂能承载词人的生命悲情！

1　中元：中元节为旧历七月十五日，此日要祭祀亡故亲人。

2　香台：香木做的台，此指寺庙里的佛堂，有的贵族家庭在家里也设有佛堂。金字经：佛家经典，以金泥书写。满洲贵族有为逝者书写金字佛经的风俗。

3　莲花漏转：指光阴推移，"漏"为计时仪器。"莲花"亦是佛教意象，莲花界为佛地，莲花台为佛坐具。

4　杨枝露滴：杨枝露即杨枝水，佛教称之为能起死回生的甘露。此两句中莲花、杨枝均为一语双关。

5　奉倩：三国时候魏国名士荀粲，字奉倩，与妻子感情深厚。妻子病亡后，朋友往吊之，荀粲"不哭而神伤"，不久亦郁郁而卒，年仅二十九岁。

6　秋檠：秋灯。檠：灯柱或灯台。

7　荷灯：旧俗中元节制荷花形灯，中燃小烛，放于河面，以超度亡魂，又称河灯。

荷叶杯 [1]

知己一人谁是。已矣。赢得误他生 [2]。有情终古似无情。别语悔分明 [3]。　　莫道芳时易度。朝暮。珍重好花天。为伊指点再来缘 [4]。疏雨洗遗钿 [5]。

性德词作中以悼亡词数量为多,质量为高。此词中两句尤为催人泪下。一为"别语悔分明",则妻子临终时依依不舍的絮语仍然时刻萦绕在词人的耳边,须臾不曾消散;一为"疏雨湿遗钿",则妻子生前所佩戴的饰物仍是词人手中时常摩挲、寄托哀思的遗物。妻子离去已久,然而她的音容笑貌、她的心爱之物却永远是词人最忠实的伴侣! 此词用韦皋与玉箫错失今生之约、却又缘定他生的传说,堪为词人绝望中的希望,读之怎不令人唏嘘泪下!

1 《荷叶杯》:唐教坊曲。本为单调小令,二十三字。晚唐词人韦庄重填一片,增四字,上下片各三平韵为主,又叶两仄韵。性德此阕为韦庄体。

2 他生:来生。

3 别语:分别时的絮语。

4　再来缘：来生之缘。相传唐代韦皋曾与一女子名曰玉箫者定情，两人分别时以玉指环相约，以七年为期。然而韦皋逾期未还，玉箫绝食而亡。后来玉箫托生为韦皋之侍妾，中指仍留有玉指环印迹。

5　遗钿：遗落的钗钿头饰。

木兰花[1]

拟古决绝词柬友

人生若只如初见。何事秋风悲画扇[2]。等闲变却故人心，却道故人心易变。　　骊山语罢清宵半[3]。泪雨零铃终不怨[4]。何如薄幸锦衣郎，比翼连枝当日愿[5]。

　　此词题为"决绝"，词人欲绝交者为何人不可详考，然此词通篇以被抛弃的女性口吻写成。托名为汉代卓文君写给司马相如的《白头吟》里就有这样两句："闻君有两意，故来相决绝。"意思是：听说你喜新厌旧爱上了别人，所以我主动来跟你提出分手；咱们从此一刀两断，恩断情绝。

　　此词不仅以"画扇"意象拟弃妇，又用唐玄宗与杨贵妃故事：想当初，李、杨山盟海誓，然而安史之乱中，唐玄宗为求自保，赐杨贵妃自缢，当日誓言终成虚幻。

　　此词充溢着对故人变心的沉痛，然无论有多么痛心疾首，词人仍然记取了两人初次相遇相识乃至"一见钟情"的一刹那："人生若只如初见"，表达的便是那种一见倾心并且刻骨铭心、永志不忘的感觉，与后文的变心、决绝成鲜明对比。

1 《木兰花》：唐教坊曲。五十六字，前后片各三仄韵。

2 画扇：汉成帝妃子班婕妤曾写诗，以扇子在夏天受宠却又在秋天被抛弃的命运，比喻女子失宠。

3 骊山语罢清宵半：传说一年七夕，唐玄宗和杨贵妃在长生殿立下山盟海誓，愿生生世世为夫妇。见白居易《长恨歌》。

4 泪雨零铃终不怨：马嵬坡事变中杨贵妃被赐死。安史之乱平定以后，唐玄宗从避难的四川回长安的栈道上，听到雨中传来凄凉哀婉的铃声，勾起了他对杨贵妃的思念，于是创作了乐曲《雨霖铃》以寄托哀思。

5 比翼连枝：白居易《长恨歌》："在天愿作比翼鸟，在地愿为连理枝。"

长相思 [1]

山一程，水一程，身向榆关那畔行[2]，夜深千帐灯。　　风一更，雪一更，聒碎乡心梦不成[3]，故园无此声[4]。

此为性德边塞词之经典。康熙二十一年（1682），性德扈驾康熙东巡，出山海关，往祀长白山，此词盖作于经山海关途中。性德擅小令，寥寥几笔便勾勒出春寒料峭、风雪交加、天气骤变的塞外景象。"山一程，水一程"，极言征途遥远，路途跋涉；"夜深千帐灯"，极言御驾出巡之气魄宏大，无数营帐中透出的万点灯火，远远望去恍若繁星满天，照亮了苍茫漆黑的塞外。过片"风一更，雪一更"，渲染出边塞气候之恶劣，遂引发词人对故乡之宁静温暖的思念。

此词境界之阔大，场景之壮观，情境之真实，恐非亲身经历者不能道出。

1　《长相思》：又名《双红豆》。唐教坊曲，双调小令，三十六字，前后片各三平韵，一叠韵。

2　榆关：山海关。那畔：那边，指关外。

3　聒（guō）：嘈杂扰人。

4　故园：京城。

寻芳草

萧寺记梦[1]

客夜怎生过。梦相伴、绮窗吟和[2]。薄嗔伴笑道[3]。若不是恁凄凉，肯来么。　　来去苦匆匆，准拟待、晓钟敲破。乍偎人、一闪灯花堕。却对着、琉璃火[4]。

此为记梦词。词以设问起："客夜怎生过"，词人又一次来到亡妻停灵的寺庙，正不知漫漫长夜如何独自熬过。接云"梦相伴"，可视为对起句的回答：善解人意的妻子不忍见丈夫寂寞伤感，遂款款走入丈夫梦中，伴着他绮窗下低吟唱和。娇嗔可爱的妻子温暖了词人的梦境，让备受凄凉折磨的词人又回到了温馨的过往。然而快乐的时光总是昙花一现，沉浸在幸福梦境里的词人，被寺庙的晨钟骤然惊醒。过片"来去苦匆匆"真是一语惊醒梦中人：刚刚还在梦中与丈夫相依相偎、柔情万种的女子亦如狐仙般随着钟声瞬间飘逝。梦耶？真耶？人耶？鬼耶？词人已然无法辨识，他多么希望这样的梦境永远不会有醒来的时候。

前人曾评价北宋词人晏几道"梦魂惯得无拘检，又踏扬花过谢桥"为"鬼语也";性德此类记梦词亦当得起"鬼语"的评价,"韵淡疑仙,思幽近鬼",性德之谓也。

1　萧寺:泛指寺庙。
2　绮窗:雕饰精美的窗户。
3　薄嗔:轻声责怪。
4　琉璃火:寺庙中供奉的琉璃灯。

秋千索¹

渌水亭春望

药阑携手销魂侣²。争不记看承人处³。除向东风诉此情，奈竟日春无语。　　悠扬扑尽风前絮。又百五韶光难住⁴。满地梨花似去年，却多了廉纤雨⁵。

此为伤春词。"梨花"是伤春词中常见之意象，因梨花开在春天，应是春的使者；可在词人眼中，满树的梨花只是和他一样，在春寒中寂寞地绽放，又在春暮时寂寞地零落，梨花满地，喻示着又一年春光的消逝。在有情人眼里，无情之自然风物皆为有情。"满地梨花似去年"，已寓物是人非之感，更有飘零微雨，落花纷然，怎不让人骤添伤春伤逝之悲感。

性德曾自刻一枚闲章曰"自伤情多"，前人亦曾谓北宋晏几道、秦观为"古之伤心人也"。（冯煦《宋六十一家词选例言》）性德常被视为晏几道后身，多情之人注定为伤心之人，晏几道、纳兰性德之谓也。

1　《秋千索》：又名《拨香灰》，清代词牌。双调五十四字，前后片各三仄韵。

2　药阑：芍药阑。

3　争：怎。看承：看待、照顾。

4　百五：由冬至至清明前共一百零五日，清明前一天为寒食节。

5　廉纤雨：细雨。

山花子 [1]

风絮飘残已化萍[2]。泥莲刚倩藕丝萦[3]。珍重别拈香一瓣[4]，记前生。　　人到情多情转薄，而今真个悔多情。又到断肠回首处，泪偷零。

性德词中提及前生他生、今生来世者多为悼念亡妻之作。歇拍"记前生"，岂非相约来世之辞？结句"泪偷零"，岂非今生错失之悲？性德小词，多以白描手法出之，以抒情为主旋律，似"人到情多情转薄，而今真个悔多情"句，以平淡语甚至家常语入词，可谓情深语切之至。其实，深情往往需以浅语出之，不然深情反而为词藻所掩。句中一个"悔"字，包含了词人多少已然错过今生的痛苦悔恨？性德少时已颇钻研佛学，自爱妻去世之后，更是将渺茫的再见之愿许给了佛教中的来生。而来生，词人与爱妻还能再续前生之约否？

1　《山花子》：又名《摊破浣溪沙》，在《浣溪沙》基础上，上下片各增三字，为四十八字，上片三平韵，下片两平韵。

2　絮：柳絮，杨柳之花。

3　倩（qiàn）：借助。

4　瓣：熏炉中所焚香，一粒或一片称一瓣。一炷香亦称一瓣香。

菩萨蛮[1]

问君何事轻离别。一年能几团圆月。杨柳乍如丝。故园春尽时。　　春归归不得。两桨松花隔[2]。旧事逐寒潮。啼鹃恨未消[3]。

此词既云"两桨松花隔",季节为"春尽时",故当作于康熙二十一年(1682)春扈驾巡视东北,祭祀长白山之时。性德出塞词少见建功立业之壮志凌云,却多渲染离别羁旅之黯然销魂。性德生于北京、长于北京,"故园"乃指京城。"杨柳乍如丝",以闲雅清丽之词笔叙美好春光,"故园春尽时"却又透露出凄婉无奈的思乡情绪。

可见在性德心目中,功名富贵远不如亲情、爱情与友情的珍贵,"轻离别"并非词人心中所愿。别人也许只能看到性德头上炫目的光环:出身豪门,少年得志,学术上著作等身,声名远播,仕途上出入宫廷,成为天子近臣,荣耀至极。可有谁知道,其实性德心中"所欲试之才,百无一展;所欲建之业,百不一副;所欲遂之愿,百无一酬;所欲言之情,百不一吐"。(顾贞观祭纳兰性德文)他内心积压的那么多无奈,又有谁能与他一起分担?

结尾两句"旧事逐寒潮。啼鹃恨未消"还可能暗含性德祖上叶赫氏与康熙祖上爱新觉罗氏的血海深仇,而今性德与康熙帝的君臣之分让词人只能将祖辈的恩怨埋藏在心底,化作词中一声含蓄的叹息。

1 《菩萨蛮》:又名《子夜歌》《重叠金》。唐教坊曲。小令四十四字,前后片各两仄韵,两平韵,平仄递转。

2 松花:松花江,发源于长白山,流经吉林省、黑龙江省。

3 啼鹃:传说古蜀王杜宇失国后身死,魂魄化为杜鹃,日夜啼鸣,直至口中流血,滴血染红遍山花朵,遂名杜鹃花。古代诗词常以杜鹃啼鸣喻心境愁苦。

菩萨蛮

　　催花未歇花奴鼓[1]。酒醒已见残红舞。不忍覆余觞[2]。临风泪数行。　　粉香看又别。空剩当时月。月也异当时。凄清照鬓丝。

───

　　性德小令凄清婉丽，颇具《花间》遗韵，此阕堪为典范。《花间集》为中国第一部文人词集，所收录晚唐五代词五百首，绝大部分以男女爱情为主要题材，艺术风格总体趋向清丽缠绵，含蓄曲折。性德喜欢《花间》的一个重要原因就像他自己所说的那样，是"以其言情入微"，能将情感刻画得特别细腻。

　　此阕词中抒情对象或难指实，而伤春伤别意绪依然凄澹悱恻，情致动人。起首两句言"催花"尚在进行中，转眼却又是残花飘落，极言时光飞逝。下片以"月"为核心意象更将这种时光飞逝之感推向极致。月本为永恒之物，故曰"当时月"；而亘古不变之月在词人眼里竟然也有异于当时，可知此"月"实乃词人情感的投射。结句"凄清照鬓丝"揭示出此种情感实质为生命流逝的浓郁悲情。"天若有情天亦老"，人情若此，连无情之月也不免为之动容。

1 催花：唐明皇游春，以羯鼓一曲《春光好》催得柳杏花开。

花奴：唐汝南王李琎小字，亦擅羯鼓。

2 覆余觞：饮尽杯中剩酒。

菩萨蛮

晶帘一片伤心白[1]。云鬟香雾成遥隔。无语问添衣。桐阴月已西。　西风鸣络纬[2]。不许愁人睡。只是去年秋。如何泪欲流。

"只是去年秋。如何泪欲流。"此词活脱脱一个伤心愁苦之"未亡人"形象。自爱妻卢氏去后,性德仿佛总是生活在现实的愁苦和对往昔的无尽追忆中,难怪前人云性德词"如寡妇夜哭,缠绵幽咽,不能终听"。(李慈铭《越缦堂读书记·集部·词曲类》)

去年秋天时,妻子"问添衣"的温言软语仿佛言犹在耳,今年秋天风景依旧,西风带来秋意,乍感秋寒的词人却再也感受不到妻子嘘寒问暖的温柔了,怎不叫人泫然欲涕。此词或为康熙十六年(1677)秋卢氏去世不久后性德之悼亡词。

1　晶帘:水晶帘。伤心白:极白。"伤心"为极言之辞。
2　络纬:蟋蟀,又名促织、纺织娘。

菩萨蛮

乌丝画作回文纸[1]。香煤暗蚀藏头字[2]。筝雁十三双[3]。输他作一行[4]。　　相看仍似客。但道休相忆。索性不还家。落残红杏花。

　　此词极具夫妻日常生活之情趣。上片言事，以丈夫口吻出之：丈夫羁旅于外，妻子寄书以表相思，盖人之常情也。下片笔势陡转，忽作女子口吻：丈夫久未归家，留守妻子担忧之余不免流露怨艾之情："相看仍似客，但道休相忆。"也许是夫妻新婚不久，故云"相看仍似客"；新婚燕尔本应是如胶似漆之时，可这对夫妻彼此还未曾熟悉旋即遭遇长久分离，忍受着相思之苦的妻子不得不在家书中故作大度安慰之辞："但道休相忆。"然而，这并非妻子之真实内心，因此最后新婚妻子忍不住赌气说起了气话："索性不还家，落残红杏花。"你就索性别回家了吧，杏花都落尽了，春天都过去了，你还回来做什么！

　　在古代诗词中，落花往往喻示女性青春红颜的消逝，可见女子撒娇嗔怨之情绪。此词盖沿袭"男子而作闺音"的代言传统，即男性词人代女性口吻抒情，且将叙事、对白与言情融为一体，有如电影之蒙太奇：丈夫阅信时的无奈、妻子写信时的娇嗔,虽不在同一时空,却仿佛时空交错,历历现于读者眼前,可谓情致跌宕,饶有趣味。

1 乌丝:即乌丝栏,本是在缣帛上下以乌丝织成栏,其间用朱墨界行,后指有墨线格子之纸笺。回文,一种诗体,诗词字句循环往返,都可形成一定意义来诵读。回文诗体为前秦时期苏蕙开创,诗赠其夫窦滔,以寓相思之意。此处指妻子寄来书信。

2 香煤:墨。一说为女子化妆用眉笔。藏头:藏头诗,亦为游戏诗体之一种,将每句第一字连读可知所藏之意。此句或云妻子来信中故意用墨把诗句中的第一个字涂抹掉,让丈夫猜测其意。

3 筝雁十三双:古时筝有十三根弦,每弦两头各有一柱,故曰"十三双"。弦柱斜行排列如飞雁成行,故云"筝雁"。

4 输他作一行:此句谓夫妻分居,不如雁柱尚能成双。另一说谓寄信女子书写整齐,不像雁柱那般歪斜。

清平乐 [1]

　　风鬟雨鬓[2]。偏是来无准。倦倚玉阑看月晕。容易语低香近。　　软风吹过窗纱。心期便隔天涯。从此伤春伤别，黄昏只对梨花。

　　此词伤春伤别，而伤春仍是伤别，故伤别是通阕主题所在。由"月晕"到"软风"，正应了"月晕午时风"之古训，故伤春之核心乃在于因风送春，春去人亦去，故有"心期便隔天涯"之叹。上阕写私约，"容易语低香近"可见两人之柔情蜜意，由此而推知，倦倚玉阑者非止一人。而"来无准"之怨，当是因月晕而起担忧之心。下阕写别离，盖春去而别，实不可避免，故"从此"一句暗含着多少无奈与沉痛。结句预想别后情境，孤独之状可见，而黄昏、梨花云云则转出余味。此词或有典故，然出语隐约，难以考实。

1　《清平乐》：又名《忆萝月》《醉东风》，四十六字，前片四仄韵，后片三平韵。
2　风鬟雨鬓：形容女子鬓发散乱，形容憔悴。

清平乐

弹琴峡题壁[1]

冷冷彻夜[2]。谁是知音者。如梦前朝何处也。一曲边愁难写。　　极天关塞云中[3]。人随落雁西风。唤取红巾翠袖[4]，莫教泪洒英雄。

　　此词或为性德扈驾出巡留宿昌平居庸关时所作。"冷冷彻夜"，极言入夜之安静，水声清脆入耳，有如琴音叮咚。上片由琴声引发知音难觅的感慨，更添羁旅边愁。换头极有气势："极天关塞云中"，居庸关长城缘山而筑，如高耸云端；随之一句却又顺势跌落："人随落雁西风。"这一起一落，笔势纵横，则关塞之险峻与心情之低落恰成鲜明对照，在牢固矗立的关塞面前，更衬托出词人的落寞。末尾两句"唤取红巾翠袖，莫教泪洒英雄"，用辛弃疾《水龙吟》词"倩何人唤取，红巾翠袖，揾英雄泪"句意，英雄气短又与儿女情长形成鲜明对照，借以抒发英雄满腹经纶却无用武之地的牢骚感慨。

1　弹琴峡：在昌平西北居庸关内，水击石罅，声如琴音。

2 泠泠：清脆的流水声。

3 极天关塞云中：极言居庸关之地势险要，高耸入云。

4 红巾翠袖：均为女子服饰，代指美女。

虞美人¹

　　黄昏又听城头角。病起心情恶。药炉初
沸短檠青²。无那残香半缕恼多情³。　　多情
自古原多病。清镜怜清影。一声弹指泪如丝⁴。
央及东风休遣玉人知。

　　此为性德卧病时有所感而作。性德隶属满洲正黄旗，
虽秉承满族传统，自幼文武双修，骑射俱佳，然亦天赋多情多
病之秉性，十九岁时因寒疾未能参加殿试，三十一岁时以寒
疾去世。其词中多次出现诸如"病起心情恶""而今病向深
秋""同是恹恹多病人""身世等浮萍，病为愁成""端的为谁
添病也"等句子，似乎终其一生都与多病纠结不清，然"多病"
实缘于多情与多愁。此阕下片"清镜怜清影"句谓词人顾影
自怜，哀叹病体消瘦，与上片"病起心情恶"句形成呼应，则心
与身俱为病所累。性德曾自刻闲章云"自伤情多"，则"多情
自古原多病"，且病体缠绵之际尚不忘怜惜闺中"玉人"，深恐
"玉人"为自己的疾病而担忧，故云"央及东风休遣玉人知"，
是多情才子禀赋，非英雄本色也。

1　《虞美人》：唐教坊曲。五十六字，上下片各两仄韵，两

平韵。

2　短檠（qíng）：矮的灯架，此代指灯。青：灯焰的颜色。

3　无那：无奈。

4　弹指：弹击手指，表示感叹。

虞美人

为梁汾赋

凭君料理花间课[1]。莫负当初我[2]。眼看鸡犬上天梯[3]。黄九自招秦七共泥犁[4]。　　瘦狂那似痴肥好[5]。判任痴肥笑。笑他多病与长贫[6]。不及诸公衮衮向风尘[7]。

　　康熙十五年（1676），性德初识梁汾，即有相逢恨晚之叹，此后性德引顾贞观为生死知己，两人共同演绎了一段传诵古今的友谊佳话。

　　此词之旨有二：其一为性德将词集托付于顾贞观。一个视创作为生命的文人，将自己的作品托付给另外一个人，其郑重其事的程度，绝不亚于托孤寄子。"凭君料理花间课"，性德以《花间》自诩，其词也确实是以"言情入微"而闻名于世的，被认为颇得《花间》神韵。他不看重功名富贵，却对这些字字血泪的文字视若珍宝，这些文字里寄托着他半辈子的深情：初恋的美好，对亡妻的刻骨相思，对亲情、友情的珍惜……将这些作品托付给顾贞观，那就相当于托付了自己半生的心血和感情。顾贞观没有辜负性德郑重的托付。康熙十七年

（1678），《饮水词》编撰完成，并且曾经和顾贞观的词集《弹指词》合并刊行。另外，性德还和顾贞观合作编选了《今词初集》。

词旨之二：性德引顾贞观为知己，亦是因为他们共同寄情于词，二人并驾于清初词坛，好比北宋词坛之秦、黄；且性德、梁汾以肺腑相交，不同于那些蝇营狗苟、虚与委蛇之徒。文学创作上的酬唱交流，学术方面的切磋琢磨，思想上的默契融合，性格上的惺惺相惜，都体现出他们之间不同寻常的友谊。

1　花间：《花间集》，唐五代词集。课：作品。花间课代指性德自己的词集。"凭君料理花间课"指性德委托顾贞观代为刊刻《饮水词》一事。

2　莫负当初我：不要辜负我以你为知己的一番赤诚和信任。

3　鸡犬：用一人得道鸡犬升天故事，此处"鸡犬"代指那些钻营、巴结之徒。

4　黄九、秦七：黄九，黄庭坚；秦七，秦观，均为北宋著名词人，并称秦七黄九。此处代指性德和顾贞观，因两人亦并为清初著名词人。泥犁：佛家用语，地狱之意。因秦观、黄庭坚擅写艳词，时有道人说黄庭坚以艳语荡人淫心，恐有堕入地狱之忧。此句指性德与顾贞观视功名富贵如粪土，却独独钟情于小词,虽有下地狱之忧也无怨无悔。

5　瘦狂、痴肥:"痴肥"指钻营利禄之人,"瘦狂"则为傲视富贵浮名的旷达狂狷之人,此句中"瘦狂"乃性德、顾贞观自谓。

6　多病、长贫:"多病"乃性德自谓,"长贫"指顾贞观。

7　衮衮:相继不绝的样子。此处指官场中追逐功名的人摩肩接踵。

虞美人

　　春情只到梨花薄。片片催零落。夕阳何事近黄昏。不道人间犹有未招魂[1]。　　银笺别记当时句。密绾同心苣[2]。为伊判作梦中人。长向画图清夜唤真真[3]。

———

　　此亦悼亡词。起句"春情只到梨花薄"寓情于景,言梨花零落象征春光消减,再以黄昏夕阳加重时光流逝之叹,谓春天薄情,实言时光薄情、生命薄情。歇拍"不道人间犹有未招魂"方揭示出此词之悼亡主旨。过片"银笺"两句先言往昔夫妻恩爱之情,继言如今现实中夫妻天人永隔。思念亡妻的性德,甘愿长作"梦中人",希冀与亡妻在梦中一会。"长向画图清夜唤真真",他夜夜对着亡妻的画像千呼万唤,他多么希望妻子像传说中的画中女子真真一样,能感受到自己的一番痴情,从画中走出,再与自己相依相伴。即使这只是梦一场,亦能聊慰相思饥渴。"怀袖泪痕悲灼灼,画图身影唤真真。"(严绳孙《望江南》)读此词句,知性德真深于情者也!

———

1　不道:不管,不顾。未招魂:化用杜甫《返照》:"南方实有未招魂。"代指还没有来得及为亡妻招魂。

2　绾(wǎn)：系，盘结。同心苣：一种连环的花纹，如同心结，表示夫妻恩爱之情。

3　真真：传说唐代进士赵颜得一图画，画中女子名唤"真真"，呼其名百日，女子遂从画中走出，与赵颜如常人般言笑。此处"真真"代指性德亡妻卢氏。

虞美人

　　银床淅沥青梧老[1]。屧粉秋蛩扫[2]。采香行处蹙连钱[3]。拾得翠翘何恨不能言[4]。　　回廊一寸相思地。落月成孤倚。背灯和月就花阴。已是十年踪迹十年心。

　　此词词旨不甚明晰,以之为悼亡词亦未尝不可。结句云"已是十年踪迹十年心",性德与卢氏成婚于康熙十三年(1674),则此词或作于康熙二十二年(1683)。爱人旧日经行处已苔生草长,词人"寻寻觅觅",却最终不见了爱人的踪影。"拾得翠翘何恨不能言","翠翘"代指爱人贴身遗物,词人虽屡屡睹物思人,可是此时的性德已续娶官氏,新人在侧,对结发妻子的思念只能深深埋藏在心中。万种深情尽在不言中,也许这就是"拾得翠翘何恨不能言"的深意罢。结句"已是十年踪迹十年心",更是令人唏嘘感慨。读此词,不禁让人联想起苏轼悼念亡妻的《江城子》:"十年生死两茫茫,不思量,自难忘。"与性德此词同一机杼。

1　银床:井栏的美称。

2　屧(xiè):本意为鞋的衬底,泛指鞋,此处代指女子足迹。

蛩（qióng）：蟋蟀。此句云意中人的足迹消失在蟋蟀的鸣叫声中。

3　采香：美人采香，此处指女子足迹昔日所到之处。蹙：踩，踢。连钱：草名。此句意谓旧日恋人常行之处已蔓草滋生，久无人迹。

4　翠翘：女子所戴玉头饰，状似翠羽。

临江仙 [1]

谢饷樱桃 [2]

　　绿叶成阴春尽也，守宫偏护星星[3]。留将颜色慰多情[4]。分明千点泪，贮作玉壶冰[5]。　　独卧文园方病渴[6]，强拈红豆酬卿。感卿珍重报流莺[7]。惜花须自爱，休只为花疼。

———

　　此词曾一度被解读为爱情词，尤其是其中有些关键词如"守宫""红豆"等很容易让人产生误解，实则此阕为谢师词，馈赠樱桃之人应为性德座师徐乾学。

　　康熙十二年（1673），十九岁的性德参与会试，一路奏捷，没想到殿试前夕因突发寒疾而功败垂成，徐乾学遂馈赠樱桃以慰之。词中"守宫""星星""泪""冰""红豆""流莺"等均喻樱桃之色泽形体。且在古典诗文中，樱桃还别有寓意。樱桃价高，自唐朝始形成了一个惯例——新科进士会在庆功宴上用樱桃款待客人，谓之"樱桃宴"。因此徐乾学"饷"以樱桃，实为安慰病中的性德：虽然他与进士功名失之交臂，但在老师心目中，已经把他当成名副其实的新科进士了。

　　性德深感老师厚爱，遂作此词酬答。"慰多情""强拈红豆酬卿""感卿珍重"等语,无关爱情,实寓师生深情。结尾两句,更包含感激老师怜惜的同时又劝慰老师要珍重自身之意。

古人作词,无论是咏物还是描述友情、君臣之情、兄弟之情、师生之情等等,均可以男女之情的形式比拟之,如沈义父《乐府指迷》所云:"作词与诗不同,纵是花卉之类,亦须略用情意,或要入闺房之意。"此类词往往容易被误读为爱情词,实则此乃作词传统之一。

1　《临江仙》:唐教坊曲,双调小令,性德所用此格为六十字,上下片各为三平韵。

2　饷:馈赠。一般为年龄较长者针对少者而言,且双方较为亲密,非过分强调尊卑秩序。

3　守宫:蜥蜴的一种。古人用朱砂喂养蜥蜴,久之,蜥蜴通体呈赤红色,喂满七斤朱砂后,再将蜥蜴捣碎,点在女性身体上,其赤红色终身不会褪去。只有在夫妻同房后,守宫砂才会褪掉。因此古人常用这种方式,检验女子是否还保有处女之身。此说缺乏科学依据。此处形容樱桃的颜色如朱砂。星星:形容樱桃个小,色泽晶莹。亦同"猩猩",即猩红色。

4　颜色:樱桃的浓红色。

5　玉壶冰:这里用魏文帝曹丕宠爱的美人薛灵芸的故事。薛灵芸离开父母的时候，伤心欲绝，一路泪流不止。泪水流到玉唾壶里，壶都被她的眼泪染成了红色，等到了京师一看，壶中的眼泪已凝结成血一般的鲜红。此以红泪喻樱桃之色泽晶莹。

6　独卧文园方病渴：据说汉代才子司马相如曾任孝文园令，患有消渴疾（或即今之糖尿病），称病闲居，后文人常以"文园"自居，以"文园病渴"指文人患病。此为性德自比。

7　流莺：樱桃的别名。古时樱桃又称"含桃"，因这种小小的水果常常被莺含在口中。

临江仙

寒柳

飞絮飞花何处是，层冰积雪摧残。疏疏一树五更寒。爱他明月好，憔悴也相关。　　最是繁丝摇落后，转教人忆春山[1]。湔裙梦断续应难[2]。西风多少恨，吹不散眉弯。

此为咏物词。柳为古代诗词中的常见意象，诗人、词人常借此抒发伤春惜别依依不舍之意。然性德此词颇能避熟就新，词人回避了柳树最美的季节——春天，而是以"寒柳"为焦点，写冰雪摧残下的柳条，已不见了轻舞飞扬的柳絮，只留下一树的寒冷，一树的憔悴。"疏疏一树五更寒"，看似淡然，实则言之有物。词之上片写景，下片转入抒情。由柳条的细长联想起心爱女子的眉黛，结尾两句更是点出题旨"西风多少恨，吹不散眉弯"。则词人乃托柳以寓意，明为咏柳，暗则寄寓刻骨铭心之相思，可谓"情词兼胜"，读之荡气回肠。难怪清代词学家陈廷焯以此篇为性德压卷之作，以其真可与晏几道、欧阳修相伯仲也。

将此阕理解为悼亡之词亦未尝不可。性德集中悼亡词数量极多,且均以真情、深情、痴情为内核,技巧辅之,几乎每阕都有不同写法,通过构建不同意象,营造出不同意境,并无雷同,几乎首首堪称佳构。

1　春山:女子之眉黛,古代女子画眉有远山之形状,称远山眉。此处由柳叶细长如眉而思及心爱女子。

2　湔裙:湔(jiān),洗。古代传说女子生产前如果渡河漂洗衣裙,则产子必易。此处性德以"湔裙"谓妻子卢氏死于难产。

临江仙

寄严荪友[1]

别后闲情何所寄，初莺早雁相思。如今憔悴异当时。飘零心事，残月落花知。　　生小不知江上路，分明却到梁溪[2]。匆匆刚欲话分携。香消梦冷，窗白一声鸡。

此词既云"分明却到梁溪"，说明荪友此时居家乡无锡。考康熙十五年（1676）夏至十七年（1677）夏，荪友在无锡。据"如今憔悴异当时"一句，知性德赋此词时卢氏已亡，则词当作于康熙十六年至十七年春。严绳孙为明朝遗民，一直拒绝和清廷合作。可是因为他才名太著，康熙十八年（1679），几乎是被逼着去参加了朝廷举行的博学鸿儒科考试。殿试时本应写赋、序、诗各一首，严绳孙无意于功名，只写了一首《省耕诗》敷衍了事。可是，康熙皇帝太想笼络像他这样的著名汉族文人了，仍然破格录取了他，并且授翰林院检讨。然不久之后，严绳孙还是找了个借口坚决地告老还乡。

严绳孙曾一度寄寓在性德家中，两人畅谈历史兴亡、人生变幻，其思想和政治态度都对性德影响颇深。因此严绳孙南归时,性德十分不舍,写过许多感情深挚的诗词为他送行,表达深厚的留恋之情,也表达他对严绳孙退隐生活的羡慕。此阕盖为其中之一。当代学者傅庚生以"别后闲情何所寄"谓性德为词中之"鬼才",是性德小令立意往往有出人意料之处,非常人能及。此阕下片尤为动人。性德一生,唯爱情与友情最为珍视,爱妻去世之后,友情更是成为性德在漫长人生旅途中唯一感到温暖的依靠。生于北京、长于北京的性德,虽然"生小不知江上路",在此之前从未踏足江南半步,却因为思友情切,"分明却到梁溪",在梦中跋涉过千山万水来到友人家乡与之秉烛夜谈,不料却被拂晓的鸡鸣惊破了性德与友人促膝交谈的温馨。只有已经冷却的香灰,陪伴着内心同样凄冷的词人。情深至此,堪为一叹!

1 严荪友:严绳孙(1623—1703),字荪友,号藕荡渔人,江南无锡人。江南三布衣之一。康熙十八年(1679),以布衣应博学鸿儒试,授翰林院检讨,与修《明史》。康熙二十四年四月谢病归。与性德相识于康熙十二年(1673),有《秋水词》。

2 梁溪:位于无锡,代指严荪友家乡无锡。

临江仙

　　点滴芭蕉心欲碎[1]，声声催忆当初。欲眠还展旧时书。鸳鸯小字，犹记手生疏。　　倦眼乍低缃帙乱[2]，重看一半模糊。幽窗冷雨一灯孤。料应情尽，还道有情无。

────

　　前人多爱性德集中悼亡词作，因其"逸响凄音，含思宛转……宜乎熏香荀令，有神伤之戚也"。（王蕴章《然脂余韵》）然其集中亦有部分词作，情似悼亡，却很难指实为悼亡题旨。此类词作"细读之，觉其哀感顽艳，凄惋怆痛，然实非皆为悼其亡妻者，盖其词不少相思阻隔、恋情怆伤，甚至经历风波曲折之意"。（朱庸斋《分春馆词话》）盖妻子的离世已融入性德的生命意识，遂使得一味凄感成为性德词创作的常态。此阕《临江仙》亦可如此看待。起句"点滴芭蕉心欲碎"即融情入景，点出"心碎"的主题，其后再揭示"心碎"的原因。上片是回忆的内容，下片转入现实，从旧日书卷记录的幸福过往忽然跌入"幽窗冷雨"的当前之境，这样的情绪落差更让人情难自禁。"鸳鸯小字"，是回忆中爱人描绘"鸳鸯"字样的娇憨之态，正是如此温馨的回忆和爱人留下的手迹让词人泪眼模糊，夜不能寐。原只道情已尽，泪已干，不曾料无数个这样的孤清之夜,思念仍然无孔不入。

1　点滴芭蕉:雨打芭蕉叶的声音。

2　缃帙(xiāng zhì):缃,浅黄色。帙,包书的套子,常用布帛支撑。缃帙指浅黄色的书衣,此处代指书卷。

鬓云松令[1]

枕函香[2]，花径漏[3]。依约相逢，絮语黄昏后。时节薄寒人病酒[4]。划地东风[5]，彻夜梨花瘦。　　掩银屏[6]，垂翠袖。何处吹箫，脉脉情微逗。肠断月明红豆蔻[7]。月似当时，人似当时否？

此阕情调清新，语调轻倩，疑是词人早年为初恋而作。从情调来看，似是表现少年男女情窦初开时的爱情。词中渲染的动人春色也仿佛是少男少女隐约流露的怀春情绪。与恋人在黄昏的夕阳下低声絮语，那是少年最快乐、最温馨的时光。"脉脉情微逗"，一个"逗"字，将少年男女初涉爱河，想表白又羞于启齿的情态描摹得惟妙惟肖。可谓柔情婉转，风姿摇曳。然而恋情中途夭折，"肠断月明红豆蔻"，两两并立的红豆蔻，娇艳妩媚，却更加衬托出相思之人的肝肠寸断。词人走笔至此，不由得发出深深的叹息：月色一如当初，可我苦苦思念着的人儿还和当初一样吗？

1　《鬓云松令》：又名《苏幕遮》，本为西域舞曲。双调，六十二字，上下片各四仄韵。

2　枕函：匣状的枕头。古代枕头以木或瓷制成，中间镂空可储物，故称枕函。

3　花径：开满鲜花的小路。

4　病酒：饮酒酣醉如生病。

5　划（chǎn）地：尽是，谓风一直不停歇，吹得梨花满地都是。一说"划地"为"依旧"意。

6　银屏：镶银的屏风。

7　红豆蔻：红豆蔻的花蕊心两瓣互相并立，比喻两情相悦。亦有以豆蔻喻未嫁少女。

于中好 [1]

　　独背斜阳上小楼。谁家玉笛韵偏幽。一行白雁遥天暮 [2]，几点黄花满地秋。　　惊节序，叹沉浮。秾华如梦水东流 [3]。人间所事堪惆怅 [4]，莫向横塘问旧游 [5]。

　　由"横塘"可知此阕或为思念南方友人所作，由"上小楼""满地秋"可知词人登高悲秋怀远之意。上片写景。首两句"独背斜阳上小楼。谁家玉笛韵偏幽"，即有声有色："玉笛"是声，如清幽缥缈的音乐背景；"斜阳"是色，如浓墨重彩的油彩画面。接下来两句"一行白雁"对"几点黄花"亦色泽鲜明，对仗工整。上片风度闲雅，韵致幽淡，营造出一派贵族雍容气度。

　　北宋词人晏殊曾云真富贵者无须侈陈金玉锦绣，唯说其气象而已。如其"楼台侧畔杨花过，帘幕中间燕子飞""梨花院落溶溶月，柳絮池塘淡淡风"等句无一不弥漫着轻柔静谧、婉约幽淡的贵族气韵。性德此词呈现出如此闲雅情韵，正契合其贵胄公子的身份与情趣。过片一"惊"、一"叹"即转入抒情，令词人惊叹的是"秾华如梦水东流"，繁华如梦，终究如河水东流一般不能复返，慨叹光阴流逝，人生惆怅，又为这幽雅情韵中平添几分理趣,可谓珠圆玉润,余味无穷。

1 《于中好》:又名《鹧鸪天》《思佳客》。五十五字,前后片各三平韵。

2 白雁:形似大雁而体形略小,纯白色。

3 秾华:繁盛的样子。

4 所事:事事。

5 横塘:地名,此处泛指江南。

于中好

别绪如丝睡不成[1]。那堪孤枕梦边城[2]。因听紫塞三更雨[3]，却忆红楼半夜灯。　　书郑重[4]，恨分明。天将愁味酿多情。起来呵手封题处[5]，偏到鸳鸯两字冰。

　　此词写别情，性德之款款深情尽见笔端。因性德担任御前侍卫之职，须随皇帝出行，其行迹往往远至边疆塞外，故与妻子聚少别多。而天生多情的性德因此也就困于两地相思而难以自拔。此词写自己因别而思，因思入梦，梦醒而听雨，听雨而念远，情难自已，遂以家书凭寄相思。词人一路写来，脉络分明，而深挚之情则贯穿在通阕之中。上阕虚实结合，边城入梦、忆念红楼是虚，安睡不成、紫塞听雨是实。虚实之间将因别绪困扰而难以安睡，困累之极而入梦边城，三更之雨滴醒梦中之人，梦醒之后追忆红楼灯火，写得浑如眼前，令人读之如临其境。下阕乃因相思难禁而挥笔作书，"呵手封题"而"鸳鸯两字冰"的细节，不仅写出边塞天气之严寒，更写出严冬中的别样温情，读来有温暖如春之感。"天将愁味酿多情"一句乃一篇之警策，虽曰"天将"，实是"人为"，因为不是愁味酿出多情，而是因多情而带出愁味。

1　别绪如丝：离别的愁绪丝丝缕缕缠绵不绝。

2　梦边城：在边城入梦。

3　紫塞：泛指边塞。传说秦国筑长城土色为紫，汉代关塞亦然，故称紫塞。

4　书郑重：指写给妻子的家书。

5　封题：在书信封口处签押。

于中好

送梁汾南还，为题小影 [1]

握手西风泪不干。年来多在别离间。遥知独听灯前雨，转忆同看雪后山。　　凭寄语，劝加餐。桂花时节约重还。分明小像沉香缕，一片伤心欲画难。

性德与顾贞观在京城一见如故，情同手足，但他们毕竟各有其事，因此欢聚一室的快乐，往往不得不为离别的感伤所替代。此词即作于顾贞观南归之前，因纳兰年来与友人多在别离间，故此次与顾贞观的离别激发了积聚已久的情感，以致不可抑制，喷薄而出，其别情凄凄，真有不可形容者在焉。从"握手西风"到相约在桂花时节重聚，则此次离别从时间上来说，并不算长。一段并不漫长的离别却带来了如此磅礴的别情，这一方面说明两人关系之深厚；另一方面，性德的多愁多感也表露于无形。"泪不干""一片伤心"云云，足见其别情之重。

此词在写法上时空跳跃，既追忆此前同看雪后山的经历，又写当下握手道别、寄语加餐殷殷之情，还写了别后独听灯前雨的孤寂。看似凌乱,其实皆为一情字所笼罩,故不失其序。以欲题小像而伤心难画作结,其呜咽之状,真催人泪下矣。

1　康熙十六年(1677)十二月,顾贞观(号梁汾)拟南归,性德曾写信给好友严绳孙云:顾贞观在京城与己"相得甚欢,一旦忽欲南去,令人几日心闷。数年之间,何多离别!"梁汾于康熙十七年正月十七日离京南还,此词或作于梁汾离京之前。"小影"盖性德画像题赠与梁汾者。

南乡子[1]

为亡妇题照

泪咽却无声。只向从前悔薄情。凭仗丹青重省识[2]，盈盈。一片伤心画不成。　　别语忒分明。午夜鹣鹣梦早醒[3]。卿自早醒侬自梦，更更。泣尽风檐夜雨铃。

　　此为题画词，亦为寄托性德之哀思也。上片为即事抒情，词人娓娓道来，读者如临其境。读者看到的仿佛是一幕真实的场景：书案上展开着爱妻的画像，凝视着画像的词人泪流满面却又无声哽咽。这应是无数次出现在词人深夜独处时的场景了。画像中的妻子依然亭亭玉立，柔情万种，可是再逼真的画像也只能再现妻子的外形，却无法再现妻子与丈夫永别的"一片伤心"。下片由画像转入回忆："别语忒分明"，妻子临终时的絮语仍然清晰如昨，然而人生如梦，夫妻本应是比翼双飞的同命鸟，妻子却早早地撒手人寰，似梦早醒，独留词人在如梦的人生中辗转思念。"泣尽风檐夜雨铃"，结句转入写景，以景结尾则言有尽而余味无穷，让人有一唱三叹、凄绝缠绵之感。

1　《南乡子》：唐教坊曲，性德所用此格为五十六字，上下片各四平韵。

2　丹青：谓亡妻卢氏画像。省识：认识，此言通过看画像寄托思念。

3　鹣鹣（jiān）：比翼鸟。

南乡子

何处淬吴钩¹。一片城荒枕碧流。曾是当年龙战地²，飕飕。塞草霜风满地秋。　　霸业等闲休。跃马横戈总白头。莫把韶华轻换了，封侯。多少英雄只废丘³。

此为边塞词。上片写景，由荒凉凄冷的塞外之景联想到当年此处正是群雄逐鹿、硝烟弥漫的战场，那时的"龙战地"曾是何等喧嚣、何等豪迈。歇拍又跌入"塞草霜风"的荒凉现实。下片抒情，转入对历史、对人生的感慨。过片"霸业等闲休。跃马横戈总白头"两句，道出词人真实内心：青丝会被时间染成白发，英雄壮志会被岁月磨灭，当年横戈跃马、气冲斗牛的豪情最后只能变成英雄末路的老迈。"莫把韶华轻换了，封侯。"大好的年华、短暂的人生，不能在追名逐利中虚度。拜相封侯，那都不过是表面的辉煌。君不见，多少功业彪炳的英雄，在历史的长河中留下的也只是一座座废弃的坟丘。如果说少年时期性德亦曾有过横戈跃马、建功立业的壮志，那么侍卫生涯的身不由己让性德渐生厌倦，年华老大，昔年壮志却无一实现，从雄心勃勃的少年壮志，到升任侍卫、丧失自由后的怀疑与茫然，官场的历练并没有让性德变得世故圆滑，反而让他更清醒地意识到：用牺牲自我的个性作为代价，去换取所谓的仕途显达，对于他的人生追求而言是多么的虚幻。性德曾对朋友如此感叹："弟比来从事鞍马间，益觉疲顿，发已种种，而执殳如昔，从前壮志，都已隳尽。昔人言'身后名不如生前一杯酒'，此言大是。"（《致严绳孙五简》）可为此词作注。

1　淬（cuì）：浸染，此处犹言"血染"。吴钩：兵器，形似于刀，古时吴地以善于铸造这种锋利的兵器闻名，诗词中常以"吴钩"泛指锐利的兵器，犹言"宝刀""宝剑"。

2　龙战地：《易·坤》："上六，龙战于野，其血玄黄。"本谓阴阳二气交战。后以喻群雄逐鹿天下的战场。

3　废丘：废弃的坟丘。

鹊桥仙 [1]

月华如水，波纹似练，几簇淡烟衰柳。塞鸿一夜尽南飞，谁与问、倚楼人瘦。　韵拈风絮[2]，录成金石[3]，不是舞裙歌袖[4]。从前负尽扫眉才[5]，又担阁、镜囊重绣[6]。

此词写词人因频繁远行而对家中女子生愧疚之心。上阕写边塞秋景，歇拍带出关切之情。下阕则先言女子之多才，接言自己久负佳人，愧疚难安，因为既已"从前负尽"，现在又在"担阁"之中，故虽有歉意，一时也只能依旧停留在相隔两地的困境之中。研味词意，词人之种种相思与愧意，皆因女子之不凡而生。"韵拈风絮"是用谢道韫富有文才以拟家中女子，"录成金石"则用李清照之精通考古来比喻女子之博学多识。这样才学兼具的女子，自然"不是舞裙歌袖"所能相比，词人用情特深，缘于此也。

此词写景也极有层次，月华在上，波纹在下，淡烟衰柳则居其中。此不仅切合秋季景象，而且这种忽高忽下的描写，也衬托出词人动荡不安的心境。情景结合，堪称无垠。

1　《鹊桥仙》：因牛郎织女故事得名，五十六字，上下片各两仄韵。

2   韵拈风絮：用东晋才女谢道韫将雪花比作柳絮的典故。

3   录成金石：宋代才女李清照协助丈夫赵明诚撰成考古学巨著《金石录》，并作《金石录后序》。

4   不是舞裙歌袖：前两句用古代才女谢道韫、李清照故事，说明有才学的大家闺秀不是以色艺娱人的。

5   扫眉才：谓才女。因为只有女性才画眉。扫眉，画眉。

6   镜囊：镜袋。传说置一古镜于镜袋中，诵咒七遍，能卜吉凶。一女子遂以古镜占卜丈夫归期，并许诺若夫君三日内归来，必为镜子重绣镜囊。

望江南

宿双林禅院有感 [1]

挑灯坐，坐久忆年时 [2]。薄雾笼花娇欲泣，夜深微月下杨枝。催道太眠迟。　憔悴去，此恨有谁知。天上人间俱怅望，经声佛火两凄迷 [3]。未梦已先疑。

此为悼亡词。性德妻卢氏于康熙十六年（1677）五月去世，直到康熙十七年（1678）七月才下葬，停灵的时间逾一年，可知性德之不忍与不舍。停灵期间，性德频往双林禅院守灵，此词为怀念亡妻有感而发。上片回忆，灯光昏暗中，词人仿佛又回到了从前：自己伏案疾书，妻子心疼，遂温柔"催道太眠迟"，深恐丈夫熬夜熬坏身体。下片转为眼前实景，妻子的温柔陪伴已然永别，只有凄凉的"经声佛火"见证着词人的哀痛。当代词学大师唐圭璋先生也写过一首悼念妻子的词，词牌名也是《忆江南》："人声悄，夜读每忘疲。多恐过劳偏息烛，为防寒袭替添衣。催道莫眠迟。"丈夫深夜攻读，废寝忘食，妻子怜惜丈夫的身体，不单为丈夫添衣加水，催丈夫早点去休息；在屡次催促，丈夫仍然沉浸在书本中的时候，妻子甚至还会走过去,不由分说地故意把蜡烛吹灭……妻子看似"刁蛮"的举动,其实蕴含着最深沉的爱。唐圭璋先生中年丧妻,从此没有再娶,他将一生唯一的爱全部都奉献给了妻子。这首《忆江南》几乎可以说是性德悼亡词的翻版。

1　双林禅院:性德妻卢氏停灵于双林禅院,今为北京西北海淀区紫竹院公园。

2　年时:去年。

3　佛火:寺院里的香火。

沁园春 [1]

丁巳重阳前三日[2]，梦亡妇淡妆素服，执手哽咽，语多不复能记。但临别有云："衔恨愿为天上月，年年犹得向郎圆。"妇素未工诗，不知何以得此也，觉后感赋。

瞬息浮生，薄命如斯，低徊怎忘。记绣榻闲时，并吹红雨[3]；雕阑曲处，同倚斜阳。梦好难留，诗残莫续，赢得更深哭一场。遗容在，只灵飙一转[4]，未许端详。　　重寻碧落茫茫[5]。料短发、朝来定有霜。便人间天上，尘缘未断；春花秋叶，触绪还伤。欲结绸缪[6]，翻惊摇落[7]，两处鸳鸯各自凉。真无奈，把声声檐雨，谱出回肠[8]。

此亦悼亡词。词序云"梦亡妇"，词中亦铺陈了梦境中与亡妻相会的温馨："绣榻闲时，并吹红雨；雕阑曲处，同倚斜阳。"在日常的工作完成之后，他和妻子常常安静地依偎在一起，一起看黄昏的夕阳，一起怜惜春天的落花，享受着新婚燕尔的甜蜜。然梦境中呈现出记忆中与妻子相守的幸福，只是为了衬托出午夜梦回时独守空房的凄凉肠断："梦好难留，诗残莫续,赢得更深哭一场。"此词可与弥尔顿的《梦亡妻》参照阅读:"……然而她正俯身拥抱我,我苏醒,她飞了,白天又带我回漆黑一片。"正与性德"遗容在,只灵飙一转,未许端详"异曲同工,其情痴绝,凄音婉转,令人黯然神伤。

1 《沁园春》:又名《寿星明》,一百十四字,前片四平韵,后片五平韵。

2 丁巳:康熙十六年(1677),性德二十三岁,妻卢氏卒于是年五月三十日。

3 红雨:落花。

4 灵飙:灵风,阴风。此谓亡妻在梦中随风消逝。

5 碧落:天上,与黄泉相对。

6 绸缪:深情,情意殷切。

7 摇落:凋残、零落。

8 回肠:悲痛情思。

忆秦娥[1]

龙潭口[2]

山重叠。悬崖一线天疑裂[3]。天疑裂。断碑题字[4]，古苔横啮[5]。　　风声雷动鸣金铁。阴森潭底蛟龙窟[6]。蛟龙窟。兴亡满眼，旧时明月。

康熙二十一年(1682)，性德随驾康熙东巡到盛京、松花江、大兀拉等地，返程中途经龙潭口，四月十三日过叶赫，十六日至铁岭。龙潭口距离性德祖上居住之地不及百里，作为叶赫氏的后代，性德此时感慨万分。半个多世纪前，叶赫氏被爱新觉罗氏征服，性德的曾祖父金台什被努尔哈赤处死。半个多世纪后，性德却又作为爱新觉罗氏康熙皇帝的臣子踏上故土，祖辈之间的恩怨情仇历历如在眼前。

词上片写景，叙龙潭口地势险峻，历史的风云湮没在断碑苍苔之间。下片以"兴亡满眼，旧时明月"作结，祖辈曾经的辉煌与失败深藏在记忆里，至高无上的帝王爱新觉罗·玄烨就在身边，性德无限感慨却不能尽情倾诉，只能化作一声轻叹：历史的兴亡盛衰如此变幻莫测，永恒不变的只有当年的明月，一如既往地照耀着今天的沧桑时世。

　　而此时的康熙，在经过记载曾祖胜利的故地时，也赋诗以咏怀历史。只是他的文字充满着胜利者的骄傲亢奋，与性德的苍凉低沉截然不同。康熙在《经叶赫故城》诗中这样写道："断垒生新草，空城尚野花。翠华今日幸，谷口动鸣笳。"在性德眼中残破荒芜的断碑残野，在康熙看来却是萌生"新草"和鲜花的沃土。同样是历史中曾经惊天动地的金戈铁马和震耳欲聋的号角声，在性德听来无比落寞；在康熙耳中，却满溢着凯旋者的豪情。

1　《忆秦娥》：又名《秦楼月》，四十六字，前后片各三仄韵，一叠韵，宜用入声部。

2　龙潭口：在今辽宁铁岭境内。明朝时龙潭口东为建州部，南为哈达部，西边是明朝开原总兵辖境，北边为纳兰性德祖先叶赫部所在地。叶赫部归附明朝时，龙潭口一带曾经成为努尔哈赤与明朝军队杀伐的战场。万历四十七年（1619），纳兰性德的曾祖父金台什率领的叶赫部在努尔哈赤的铁蹄下灭亡。

3　天疑裂：悬崖之间露出的一线天空好像是被群山撕裂开来一样。

4　断碑题字：残破的石碑上题字模糊不可辨识。

5　古苔横啮：遍布的苍苔似乎要将铭记着历史的碑文一点点啃咬、蚕食殆尽。

6　蛟龙窟：龙潭口有龙潭，传说潭底有蛟龙。

减字木兰花[1]

新月

　　晚妆欲罢。更把纤眉临镜画。准待分明[2]。和雨和烟两不胜。　　莫教星替[3]。守取团圆终必遂[4]。此夜红楼[5]。天上人间一样愁。

　　此阕题为咏新月，描绘新月在云层里若隐若现的景象。然起句即云"晚妆欲罢"，则已由新月细弯如眉思及妻子画眉的情景，拟人化的"新月"意象寄托了词人浓郁的情思，此词句句咏月，实则句句怀人，亦悼亡词也。此词重点在过片两句："莫教星替，守取团圆终必遂。"在中国的古典诗词里，月亮的隐没还有一个特殊的象征含义："月没"常常用以表示妻子去世。唐代诗人李商隐写过一首《李夫人》诗，其中有两句："惭愧白茅人，月没教星替。"李商隐的妻子王氏去世以后，他的朋友有意做媒让他娶张氏女子为妾，李商隐因此写下此诗婉言谢绝朋友的好意。诗中"月没"代表原配夫人王氏的去世，"星"指的是张氏女子。性德所云"莫教星替"与李商隐的"月没教星替"的意思一致：虽然妻子去世，但我不愿意让别的女人来代替妻子的地位。"守取团圆终必遂"，性德只愿坚守住与卢氏曾经的"团圆",来世再续夫妻情缘。

1　《减字木兰花》:四十四字,为《木兰花》调基础上前后片第一、三句各减三字,改为平仄韵互换格,每片两仄韵、两平韵。

2　准待:打算、准备。

3　莫教星替:意谓月亮虽然隐没,也不能让星星来代替月亮。

4　守取:等待。

5　红楼:天上神仙居处。此指亡妻所在之处。

忆王孙 ¹

　　西风一夜剪芭蕉²。满眼芳菲总寂寥。强把心情付浊醪³。读离骚。洗尽秋江日夜潮。

　　屈原《离骚》有句云："惟草木之零落兮，恐美人之迟暮"，抒发恐光阴流逝、无所作为之叹，性德此词起句即云"西风一夜剪芭蕉"，则与屈原"美人迟暮"的感伤同一命意。此阕或作于性德早年颇有建功立业之雄心壮志时。"读离骚"，喟然有屈原忧心时事却又报国无门的急迫心情与焦虑情绪。结云"洗尽秋江日夜潮"，亦有版本作"愁似湘江日夜潮"，则又用屈原作品中常常提到的湘江意象，盖承屈子骚怨之情也。

1　《忆王孙》：单调小令，又名《豆叶黄》《阑干万里心》。三十一字，五平韵。

2　剪：剪除。此句谓西风起，芭蕉凋残。

3　浊醪：浊酒。

青玉案 [1]

宿乌龙江 [2]

东风卷地飘榆荚 [3]。才过了、连天雪。料得香闺香正彻 [4]。那知此夜，乌龙江畔，独对初三月 [5]。　　多情不是偏多别。别离只为多情设。蝶梦百花花梦蝶 [6]。几时相见，西窗剪烛，细把而今说。

此为性德出巡塞外时的相思词。此词特别之处在于运用了悬想的手法，即词人思念对方，同时又有对所思之人的揣测。起句"东风卷地飘榆荚"是词人眼前之景，"料得香闺香正彻"却又跳跃至所思之人。在词人的想象中，妻子应该正在香雾缭绕的闺房中想念着行役远方的丈夫吧？其实是远游的词人在思念妻子，却偏偏先说妻子在想念丈夫，正与杜甫《月夜》诗"香雾云鬟湿，清辉玉臂寒"同一妙处。虽然祭祀清朝发祥地长白山可谓一时盛事，作为扈驾出巡的天子近臣，性德亦应感到无上荣耀，然而思家心切的词人对"乌龙江畔，独对初三月"的冷清孤独并不留恋。在他看来，"何当共剪西窗烛，却话巴山夜雨时"，夫妻相对秉烛夜话才是他真正眷恋的幸福时光。

　　此词秉承了性德词一贯的感伤情绪。其实据高士奇《东巡日录》:"四月庚辰(初三),晨兴,细雨犹零,流云未歇。泛舟江中,草舍渔庄映带,冈阜岸花初放,错落柔烟,似江南杏花春雨时,不知身在绝塞也。驻大乌喇虞村。"则性德作此词时应是塞外春光烂漫,颇有似"江南杏花春雨"之处,可如此美好的春景在性德笔下绝无表现,可见在伤心人眼中,一切景物皆伤心之景也。

1　《青玉案》:六十七字,前后片各五仄韵,第五句亦可不用韵。
2　乌龙江:松花江。松花江女真语称松阿拉或松兀喇,明清间称兀喇江。乌龙,即兀喇之异译。康熙二十一年(1682)春,性德扈从康熙东巡,祭祀长白山,三月底四月初逗留在松花江沿岸。
3　榆荚:榆钱,榆树的果实。"东风"句知此词作于春季。
4　香正彻:指京城家中妻子卧室的沉香已快燃尽。
5　初三:应为康熙二十一年四月初三。
6　"蝶梦"句:蝶与百花喻夫妻。

满江红 [1]

茅屋新成却赋

问我何心，却构此、三椽茅屋。可学得、海鸥无事，闲飞闲宿。百感都随流水去，一身还被浮名束。误东风、迟日杏花天[2]，红牙曲[3]。　　尘土梦，蕉中鹿[4]。翻覆手，看棋局[5]。且耽闲殢酒[6]，消他薄福。雪后谁遮檐角翠，雨余好种墙阴绿。有些些、欲说向寒宵[7]，西窗烛。

此词可为性德对顾贞观至诚友谊之见证。因顾贞观漂泊江湖、视富贵如浮云，性德为挽留住闲云野鹤般的友人，特意在府中筑草堂以邀之。词一开篇即表明心迹："问我何心，却构此、三椽茅屋。可学得、海鸥无事，闲飞闲宿。"词人筑起草堂只是为了能与友人一起从世俗的纷扰、浮名的牵绊中解脱出来，如海鸥般悠闲于自然天地之间。下片之"雪后谁遮檐角翠，雨余好种墙阴绿"两句表达人与自然的相亲，这是人生应有的本来状态，令人向往。

此词既表达了词人对隐逸自由人生的渴望，亦彰显出词人对待友谊的赤诚。顾贞观曾说性德："其敬我也不啻如兄，其爱我也不啻如弟。"意即性德对他就像对亲哥哥一样尊敬，像对亲弟弟一样爱护。构草堂以待至交，此种友谊，可谓倾其肺腑。

1　《满江红》：宋以来作者多以柳永格为准，九十三字，前片四仄韵，后片五仄韵，例用入声韵。

2　迟日：春日。

3　红牙：染成红色的象牙板，叩之以调制歌曲节拍。红牙曲，随着红牙板拍打的节拍唱曲儿。

4　蕉中鹿：传说古代一樵夫打死了一头鹿，喜不自胜，以蕉叶藏之，随后却再也找不到藏鹿之处，遂以为梦幻。后人以"蕉鹿"比喻世事如梦如幻，难辨虚实。典出《列子·周穆王》。

5　翻覆手，看棋局：比喻世事多变，人生犹如棋局。

6　殢（tì）：迷恋，沉溺。殢酒，病酒，困酒。

7　些些：少许。

浪淘沙 [1]

　　野宿近荒城。砧杵无声。月低霜重莫闲行。过尽征鸿书未寄，梦又难凭。　　身世等浮萍。病为愁成。寒宵一片枕前冰。料得绮窗孤睡觉，一倍关情。

―――

　　此词写离别相思，而一笔两头，分写两地相思，笔法跳跃。"砧杵无声。月低霜重莫闲行"与"料得绮窗孤睡觉"，乃写想象中女子的状态与叮嘱，其余则写自身。两个人物的动作、状态、声音错杂其中，如电影之蒙太奇手法，看似跳跃却有迹可循，适足以形容其百般缠绕之心境。上阕主要写词人之孤寂，夜宿荒城、月低霜重，皆可见边塞荒寒空寂之形。再加上书函未寄、托梦无凭，词人离恨之大，横空抛出。下阕检点平生，不能自已。侍卫之职，注定性德要奔波不息，其"浮萍"之喻，形象而贴切。这种几同浮萍的身世，使得离愁成为一种常态，而离愁的积聚终于摧垮了身体，"病为愁成"四字，含无限悲辛。"寒宵"句写自身落寞，"料得"句写女子孤独，"一倍关情"则绾合双方。此词用情至深，手法纯熟，乃性德词之佳构。

—— 1 《浪淘沙》:唐教坊曲。五代时始流行长短句双调小令,
又名《卖花声》,五十四字,前后片各四平韵,多作激越慷慨
之音。

浪淘沙

望海

　　蜃阙半模糊[1]。踏浪惊呼。任将蠡测笑江湖[2]。沐日光华还浴月，我欲乘桴[3]。　　钓得六鳌无[4]。竿拂珊瑚。桑田清浅问麻姑[5]。水气浮天天接水，那是蓬壶[6]。

　　性德小令多婉丽清雅之作，似此阕之气势宏大、慷慨激越者并不多见，当作于康熙二十一年（1682）扈驾东巡至山海关时。此行饱览海上日出之壮观奇丽，亲历海市蜃楼之缥缈朦胧，海阔天空，浩渺无垠，遂令人生渡海揽日之壮志。此次东巡康熙帝曾御制《观海》诗，其侍从多有唱和。性德此词或亦为应制之作，从中可窥见多情多病之容若公子亦有豪气干云的一面。

1　蜃阙：海市蜃楼。

2　蠡（lí）测：以蠡测海。蠡，瓢或勺。

3　桴：木筏。

4　钓得六鳌无：鳌，传说中的大海龟。钓鳌比喻抱负远大、气概非凡或举止豪迈。

5　"桑田"句:神话传说仙女麻姑已见东海三为桑田,谓世事
沧海桑田。

6　蓬壶:海上仙山蓬莱,形如壶器。

浪淘沙

夜雨做成秋。恰上心头。教他珍重护风流。端的为谁添病也¹，更为谁羞。　　密意未曾休。密愿难酬。珠帘四卷月当楼。暗忆欢期真似梦，梦也须留。

　　此词以女子口吻写相思之意，虽开篇即揭出愁情，但将"密意未曾休"与"密愿难酬"对应写来，缕缕愁情中也不失轻松之意趣。上阕写雨后生愁，词人将"愁"字拆为"心"上之"秋"，故知其所写未必是季节之秋，只是夜雨带出凉意，凉意惹起愁情，仿佛已届深秋、顿起盼归之心而已。"教他"一句写出两人之密意，为谁病、为谁羞，虽是一连两个问句，其实是将自己因爱而羞、因思成病的原因和盘托出了。下阕则着重今昔对比，"密意""密愿"是昔，"未休""难酬"是今。"珠帘四卷"，极写望月盼归之意。然欢期难再，恍如梦寐，只能寄望于梦境中时时温存了。此词用语自然，带有一定的口语化的特征。虽是寻常语写寻常情，读来却有不寻常的感觉。

1　端的：究竟，真的。

唐多令 [1]

金液镇心惊 [2]。烟丝似不胜 [3]。沁鲛绡、湘竹无声 [4]。不为香桃怜瘦骨 [5],怕容易、减红情 [6]。　　将息报飞琼 [7]。蛮笺署小名 [8]。鉴凄凉片月三星 [9]。待寄芙蓉心上露 [10],且道是,解朝酲 [11]。

此阕叙性德妻卢氏难产后病重事。上片言卢氏被病魔纠缠,憔悴支离,孱弱不堪,性德一家想尽一切办法求医问药,却依然未见好转。下片言求医无果后性德甚至想到了求助于神仙:"将息报飞琼。"

此词最令人感动处,在于性德夫妻的情深义重与相互理解。病中的妻子害怕丈夫为自己担心,"沁鲛绡、湘竹无声",只是背着丈夫无声垂泪;丈夫更是恐惧妻子会抛下自己而去:他不禁希望神仙可怜他此刻心情的焦虑和凄凉,能赐给他一粒"还魂丹",让奄奄一息的妻子康复起来。绝望之中,他甚至还生出了一丝幻想:"待寄芙蓉心上露,且道是,解朝酲。"他多么希望躺在床上的妻子,能够像往常一样,和他一起对饮赋诗,不知不觉喝醉了酒,宿醉未醒,只需要啜饮几口丈夫调好的芙蓉花露即能醒酒康复。情急若此! 情深若此!

1　《唐多令》:又名《南楼令》,六十字,上下片各四平韵。

2　金液:道家炼制的仙药。此处言熬制的汤药。镇心惊:镇
定安神,使病人不再心悸。

3　烟丝:柳树的柔条。此处形容病重之人如柳条般弱不
禁风。

4　鲛绡:精致的丝绸手帕。湘竹:斑竹,相传舜帝的妻子湘妃
的泪水滴落竹节上凝成泪斑,故名。此处代指泪水。此句言
病人悄悄用丝帕拭泪。

5　香桃:汉武帝拟种仙桃求长生不老。桃为道教仙物。瘦
骨:指仙桃已摘尽,桃树空留枝干。此句谓为治病已经遍寻方
药,不惜一切代价。

6　红情:鲜花般娇艳的红颜。红颜瘦减,谓病人憔悴支离。

7　将息:休息调养。飞琼:道教中的仙女名许飞琼,传说曾放
归病重将死者。

8　蛮笺:信纸。小名:病人的名字。此两句言将病人小名写
在信笺上,报与仙人许飞琼,乞求她让病者起死回生。

9　片月三星:相当于一字谜,谜底为"心"字。

10　芙蓉心上露:芙蓉花露,醒酒润肺之物。

11　朝酲(chéng):即宿醉的意思,指前一夜喝醉,至次日清
晨尚未醒酒。酲,酒醒后感觉困倦如病的状态。

生查子[1]

短焰剔残花[2]，夜久边声寂[3]。倦舞却闻
鸡[4]，暗觉青绫湿[5]。　　　天水接冥濛[6]，一角
西南白。欲渡浣花溪[7]，远梦轻无力。

———

康熙十二年(1673)，康熙帝开始平定以吴三桂为首的三
藩叛乱，时年二十岁的性德遂有请缨之志，未获批准。此词
或为表达壮志未酬之失落情绪。词中有两个典故值得特别留
意，其一是上片的"倦舞却闻鸡"，用东晋著名北伐将领祖逖、
刘琨闻鸡起舞故事，表达自己刻苦练武、报效国家的志向。事
实上，性德确实是自幼文武双修，骑射俱佳："上马驰猎，拓弓
作霹雳声，无不中。"然而一个"倦"字却又流露出词人空有
百般武艺却报国无门的无奈情绪。其二是下片的"欲渡浣花
溪"。浣花溪边即杜甫草堂。在古代诗人当中，杜甫是一个忧
国忧民的典范。性德或以四川成都浣花溪寄寓他对四川、陕
西战场的密切关注。"欲渡浣花溪，远梦轻无力"则抒发了他
不能驰马上战场的无奈、失望之情。对此，性德也曾写诗明
志："平生纵有英雄血，无由一溅荆江水。荆江日落振云低，
横戈跃马今何时。"(《送荪友》)他认为自己的血管里流着的
是八旗子弟的"英雄血"。"荆江"或代指东线湖南湖北的战

场，他渴望到前线去"横戈跃马"，只可惜他的满腔热血没有机会抛洒到荆江的战场上。虽为表达同一题材，性德填词谨守婉约本色，抒情语气委婉含蓄，与"横戈跃马今何时"的激昂慷慨比起来，立显诗与词的不同审美风格。

1 《生查子》：唐教坊曲。四十字，上下片各两仄韵，多抒发怨抑之情。

2 残花：此谓灯花，烛火燃烧后结成的穗状物。蜡烛久燃之后，烛花渐高，火焰渐短，须把残存的烛花剔去，即所谓"剪烛"。

3 边声：本指边地特有的声音，亦泛指战场的声音。

4 倦舞却闻鸡：用东晋著名北伐将领祖逖、刘琨闻鸡起舞的故事，表达刻苦练武、报效国家的志向。

5 青绫：青色薄布缝制而成的被子。

6 冥濛：昏暗不明的样子。

7 浣花溪：在四川成都杜甫草堂旁。

青衫湿遍 [1]

悼亡

青衫湿遍，凭伊慰我，忍便相忘[2]。半月前头扶病[3]，剪刀声，犹在银釭。忆生来、小胆怯空房。到而今、独伴梨花影，冷冥冥、尽意凄凉。愿指魂兮识路，教寻梦也回廊。　　咫尺玉钩斜路[4]，一般消受，蔓草残阳。判把长眠滴醒，和清泪，搅入椒浆[5]。怕幽泉、还为我神伤。道书生、薄命宜将息，再休耽、怨粉愁香。料得重圆密誓，难禁寸裂柔肠。

性德与妻卢氏相爱甚笃,奈命运弄人,卢氏因难产早亡,美满生活仅维持三年即告终。此词为悼念亡妻而作,凄苦之情,令人不忍卒读。上阕由哀思而忆及生前生活情形,并在孤独、凄凉中入梦。下阕仍是哀情一片,以"重圆密誓"之不可实现,而将哀情推向极致。此词写情用力绝大,若"青衫湿遍""寸裂柔肠"等句,得其一即难禁其悲情,何况连下数语,真悲情淋漓矣。作者忽写自己追忆,忽写卢氏告诫,忽写现境凄凉,忽写魂魄识路,用场地、情境、人物的变换写出无尽之悲思。意象亦凄冷异常,甚至带有一定的神秘色彩,如梨花冷影、魂梦回廊、惊悚墓地、蔓草斜阳、幽泉神伤,等等,无一不渲染出其恍惚无归之极度哀思。

1　《青衫湿遍》:疑为纳兰性德自度曲。

2　忍:岂忍。

3　扶病:带病坚持工作。

4　玉钩斜:本意为隋炀帝在扬州葬宫人处。此指坟墓。

5　椒浆:用于祭奠的酒浆,以椒浸制而成。

浣溪沙

寄严荪友[1]

　　藕荡桥边理钓筒[2]。苎萝西去五湖东[3]。笔床茶灶太从容[4]。　　况有短墙银杏雨，更兼高阁玉兰风。画眉闲了画芙蓉[5]。

　　此词寄赠好友严绳孙，着力描写其从容闲适之隐居生活，从中也寄寓了性德自己的生活理想。严绳孙乃无锡人，因慕藕荡桥之风景而自号藕荡渔人。全词以藕荡桥为核心意象，兼写西边的苎萝山与东边的太湖，在此广阔的背景之下突出严绳孙从容整理钓筒、赋诗作画、烹茶闲话的悠然生活情景。下阕重点写严绳孙绘事，短墙、银杏、细雨、高阁、玉兰、清风，意象密集，是现实是画意，实难分辨。结句以画眉、画芙蓉的典故描写其夫妻恩爱，充满闲适温馨的生活情趣。

　　通阕以写景为主，而将情感略事点染其中，在整体的想象中彰显了其地风景之优美与严绳孙心性之清雅。性德身膺重任，如此闲适生活，虽可向往而实难拥有，故借此寄赠之作，略述心志。

1　严荪友：即严绳孙，才华横溢却无意功名富贵，辞官归隐，
徜徉山林，以笔墨书画自娱。

2　藕荡桥：无锡地名。严绳孙爱其风景，自号藕荡渔人。钓
筒：贮存鱼的竹器。

3　苎萝：浙江诸暨山名。传说西施曾居苎萝山下。五湖：指
太湖。传说范蠡助越王勾践灭吴后携西施泛舟五湖。后"五
湖"意象多含归隐之意。

4　笔床：笔架。

5　画眉：用张敞为妻子画眉故事。画芙蓉：为美人画像。古
人谓美人面为"芙蓉面"。严绳孙善画。

渔父[1]

收却纶竿落照红[2]。秋风宁为剪芙蓉[3]。人
淡淡，水濛濛。吹入芦花短笛中。

——

此词为题徐釚（号枫江渔父）《枫江渔父图》而作，虽敷
写画境，实自述怀抱。题画词一般与画面意境在离合之间，方
得其韵外之致。而性德所写几全是画境所绘，读来却不失情
致，盖此画境与性德心境有不谋而合者，故说画说人说己，浑
难分别。此词以秋风夕阳、濛濛水面、芙蓉芦花为背景，略显
杂乱，但中间设置一收却纶竿、轻吹短笛的恬淡之人，遂令背
景虚化，而人物之情韵则生气远出。性德的淡泊心性也借这
一画面与这一词作，而得以充分流露。

——

1 《渔父》：即《渔歌子》，唐教坊曲。二十七字，四平韵。中
间三言两句多用对偶。
2 纶：钓丝。
3 剪：削除。芙蓉：荷花。

瑞鹤仙[1]

丙辰生日自寿，起用《弹指词》句，并呈见阳[2]。

马齿加长矣[3]。枉碌碌乾坤，问汝何事。浮名总如水。拼尊前杯酒，一生长醉。残阳影里。问归鸿、归来也未。且随缘、去住无心，冷眼华亭鹤唳[4]。　　无寐。宿醒犹在[5]，小玉来言[6]，日高花睡。明月阑杆，曾说与、应须记。是蛾眉便自、供人嫉妒，风雨飘残花蕊。叹光阴、老我无能，长歌而已。

　　此阕与前《金缕曲·赠梁汾》同为康熙十五年（1676）所作，意旨相近，可相互参看。性德作此词时，心情颇为纠结愁闷。三年前性德因突发寒疾错过殿试，唾手可得的进士功名与之擦肩而过，他曾颇为遗憾伤感；三年后，性德终于高中二甲第七名进士，本是荣耀之事，然中试之后性德并未按惯例授官或入翰林院深造，皇帝旨意久未下达，性德竟赋闲在家。此阕之主题在于感叹光阴消逝太快，"马齿加长"而自己仍碌碌无为，一事无成。

　　其实在二十二岁这年，性德除了殿试奏捷，还迎来了两件大喜事：其一是由性德主持编撰、耗时长达三年的大型儒家经解丛书《通志堂经解》最终编印完成，这项工作奠定了他在当朝的学术地位；其二是第一部词集《侧帽词》印行问世，一炮走红，词坛新秀纳兰性德与同时代著名词人项鸿祚、蒋春霖成三足鼎立之势，由此奠定他在词坛的"巨星"地位。

然而，词名、学问、高中进士的光荣等等，这一切在性德眼里都不过是些浮名而已。深受儒家思想教导的性德，笃信"君用而行之"：自己的才华，要靠君王的信任和重用才能得到真正的施展。而君王的沉默，让性德感到了深深的失落。从此阕可知，青年性德亦曾有入仕之志，"是蛾眉便自、供人嫉妒"。木秀于林，风必摧之。如此出色的容若公子，却不得不在谣言的包围中如履薄冰。他还没有进入仕途，却已经隐约感受到了仕途的风险。

1 《瑞鹤仙》：诸家句读颇有出入，性德此格为一百零二字，前片七仄韵，后片五仄韵。

2 丙辰生日：康熙十五年（1676）丙辰十二月十二日，性德二十二岁生日。《弹指词》，顾贞观词集名。顾贞观《金缕曲·丙午生日自寿词》："马齿加长矣。向天公、投笔试问，生余何意。"性德此词首句与之相同。见阳，即张纯修，字子敏，号见阳，溧阳人，汉军正白旗，亦为性德好友。

3　马齿：年龄。辨别马的年龄主要是看马的牙齿长短及磨损情况。马齿加长，即年岁增长。

4　华亭鹤唳：典出《世说新语》，华亭即今上海松江。西晋陆机在没有做官之前，曾经与弟弟陆云同游华亭。后来陆机被人谗害，为司马颖所杀，临刑前，陆机长叹一声："我想再去听听华亭鹤鸣的声音都没有机会了啊！"一说华亭在今浙江嘉兴。唳：高亢的鸣叫声。

5　宿醒：宿醉。

6　小玉：侍女名，此为泛指。

浣溪沙

　　一半残阳下小楼。珠帘斜控软金钩。倚阑无绪不能愁[1]。　　有个盈盈骑马过[2]，薄妆浅黛亦风流。见人羞涩却回头。

　　此词写词人无意中瞥见佳人而心底泛起涟漪，虽是情景偶合，但写来情灵摇荡，得自然率真之趣。前二句写残阳下楼、珠帘挂钩，乃一日之最易触动内心之时，歇拍一句由此引出情绪，语势自然。无绪者，无聊也；"不能愁"者，不能无愁也；倚阑者，欲有所见也。按照常规写法，下阕当由此愁绪而生发，但词人却空灵其笔，只就倚阑所见写去：一个体态轻盈，几乎是素妆骑马的女子从眼前经过。词人不仅极写其天然风韵，更写出其见人羞涩的情态与回头对视的多情。这一眼神偶遇的瞬间，或许消解了原本深藏在词人心中的愁情，使词的情感从低沉转向明朗、轻松甚至活泼。其情感之转折颇有意味。此词也深得词体"要眇宜修"之致，语言轻柔、细腻而幽美，残阳是"一半"，楼是"小"，珠帘是"斜"控，金钩是"软"，骑马者"盈盈"，妆"薄"黛亦"浅"，等等。凡此衬写其隐约无端之情，才显得辞情相称。此词堪称婉约词之典范。

1　无绪：无情绪。

2　盈盈：身段柔美、风姿绰约的年轻女子。

摊破浣溪沙

　　一霎灯前醉不醒。恨如春梦畏分明。淡月淡云窗外雨，一声声。　　人到情多情转薄，而今真个不多情。又听鹧鸪啼遍了[1]，短长亭。

　　此词写离情而感慨深沉，"人到情多情转薄"一句乃一篇之眼，由一己之离愁别恨而写出人生离别的普适情怀，与王国维所谓"无我之境"者相合。上阕立足词人自身，因愁而醉，因醉而梦，但词人没有将笔墨沿着醉与梦的方向一直写去，而是未梦之前即担心梦境分明，以至将现实中的愁情清晰地在梦境中再现，看来词人一霎而醉正是为了忘却现实，如果梦中的现实同样分明，则词人之种种努力均告失败矣。词人内心之焦虑甚至脆弱于此可见。此春梦果如何？词人没有明说，而是宕开一笔，写窗外之淡云淡月、雨落声声，这至少暂时消解了词人的焦虑之心。下阕词境陡升，过片二句，乃正话反说，"情多情转薄"乃表面现象，其实这一"薄"字，正是情多至极而返诸内心，不再浓烈展示在外了。而"真个不多情"，乃是再申"薄"意。结以"鹧鸪啼遍"，回到离情主题，结构上首尾呼应。

1　鹧鸪啼：民间俗谓鹧鸪啼声为"行不得也哥哥"。

水龙吟 [1]

题文姬图 [2]

　　须知名士倾城 [3]，一般易到伤心处。柯亭响绝 [4]，四弦才断 [5]，恶风吹去 [6]。万里他乡 [7]，非生非死，此身良苦。对黄沙白草，呜呜卷叶 [8]，平生恨、从头谱。　　应是瑶台伴侣 [9]。只多了、毡裘夫妇 [10]。严寒膚粟 [11]，几行乡泪，应声如雨。尺幅重披 [12]，玉颜千载，依然无主。怪人间厚福，天公尽付，痴儿骏女 [13]。

　　此阕虽为题画词，盖借《文姬图》而咏吴兆骞事也，故词中句句言蔡文姬事，其实句句暗合吴兆骞之遭遇。"名士"之谓，即吴兆骞。吴兆骞夫妻被冤流放宁古塔，与蔡文姬沦落边地心境凄苦相似，故曰"一般易到伤心处"。吴梅村曾有诗赠吴兆骞云："人生千里与万里，黯然销魂别而已。君独何为至于此？山非山兮水非水，生非生兮死非死。"此阕中"非生非死"句即暗含对吴兆骞远戍苦寒之地的同情。词中多为吴兆骞的不幸遭遇鸣不平，结合性德倾力营救吴兆骞终于迎来他生还北京的故事，可知性德对待朋友的侠肝义胆，无怪乎朋友

皆评价性德"举以待人,无事不真",是视"黄金如土,惟义是赴;见才必怜,见贤必慕。"(梁佩兰祭纳兰性德文)

1　《水龙吟》:又名《龙吟曲》《庄椿岁》《小楼连苑》,一百零二字,前后片各四仄韵。

2　文姬:东汉末年名儒蔡邕之女蔡琰,字文姬,博学多才,兼擅音律。蔡文姬曾为胡人所掳,嫁南匈奴左贤王,在胡地十二年,生两子。后被曹操赎回中原,再嫁董祀。此词以流落胡地的蔡文姬代指被流放宁古塔的吴兆骞。

3　名士:有才名的人。倾城:美女。

4　柯亭响绝:柯亭在浙江会稽。蔡邕曾采柯亭之竹制成笛,音声妙绝。响绝:指蔡邕去世,无人再吹奏此笛。

5　四弦才:蔡文姬精于音律。蔡邕夜来抚琴,弹断一弦,蔡文姬在内室应声曰:"第二弦。"蔡邕暗自惊讶,又故意弹断一弦,再问,文姬对曰:"第四弦。"无丝毫差错。

6　恶风:喻突如其来的灾难,指东汉末年的战乱。

7　万里他乡:指蔡文姬沦入胡地。

8　卷叶:卷树叶或草叶吹奏出声。

9　瑶台:本指神仙居处,此处指蔡文姬出身名门,本应生活在富贵闲雅之中。

10　毡裘:北方少数民族的毛皮服装,借指北方少数民族。此指聪明美丽的蔡文姬本应在中原过着神仙眷侣的生活,却不幸沦入胡地,被强嫁于胡人。

11　觱篥(bì lì):筚管,古吹奏乐器,流行于边塞,发声悲亢。

12　尺幅:指《文姬图》。重披,再看。

13　痴儿騃(ái)女:无知愚蠢的少男少女。騃,傻。

浣溪沙

锦样年华水样流。鲛珠逆落更难收[1]。病余常是怯梳头[2]。　　一径绿云修竹怨[3]，半窗红日落花愁。愔愔只是下帘钩[4]。

———

　　前人评价性德小令"缠绵凄回，含蓄蕴藉，抒发个人忧乐，极似易安（李清照）"。（林丁《蕉窗词话》）此阕亦是性德抒发"个人忧乐"之作。上片抒情，由病中脱发"怯梳头"引发青春消逝的感慨，含思宛转。"锦样年华水样流"，用笔似极淡，分量却极重。卧病的青年公子仿佛眼睁睁看着锦绣般的青春华年似流水一去不复返却无能为力，徒增生命悲感。下片转入写景，病中的词人心情寂寥，因此所见只有庭前的修竹与落花，含愁带怨；以及静静移过窗帷的夕阳，凄凉无助。

———

1 鲛珠：泪珠。神话传说南海外有鲛人，泣泪成珠。

2 怯梳头：病中脱发，故害怕梳头。

3 绿云：树叶茂盛如云。

4 愔愔（yīn）：幽深静寂的样子。

虞美人

秋夕信步

　　愁痕满地无人省。露湿琅玕影[1]。闲阶小立倍荒凉。还剩旧时月色在潇湘[2]。　　薄情转是多情累。曲曲柔肠碎。红笺向壁字模糊。忆共灯前呵手为伊书。

　　此阕颇有"物是人非"之叹。词一开篇即云"愁痕满地",烘托出词人的愁绪满怀。歇拍"还剩旧时明月在潇湘"用唐朝诗人刘禹锡《潇湘神》句意:"斑竹枝。斑竹枝。泪痕点点寄相思。楚客欲听瑶瑟怨,潇湘深夜月明时。"进一步强调竹影婆娑引发的愁绪。下片揭示出愁绪的来由:"红笺向壁字模糊。忆共灯前呵手为伊书。"原来是词人抚摸着妻子遗留下来的红色书笺,想起了往昔秋夜,自己曾和妻子依偎相伴,手握着手,共同书写美丽的心情。经过长时间的凝视和抚摩,妻子的手迹在词人的泪眼中已经模糊不清。"呵手"二字,极温暖却又极凄凉。

1　琅玕(láng gān):竹子。露水淋湿了竹影,让人感觉仿佛是"愁痕满地"。

2 潇湘：本指湘江水域。此处因竹子而联想起斑竹。传说舜帝妃子追寻舜帝至洞庭君山，听到舜亡的消息后滴泪成斑，因而此竹名为斑竹，又名湘妃竹。

诗　选

西苑杂咏和荪友韵（二十首其二十）¹

花映初阳覆绮寮，玉珂双引望中遥²。
凭君莫作烟波梦，曾是烟波梦早朝³。

此为性德与严绳孙的唱和诗《西苑杂咏和荪友韵》二十首其二十，是其与汉族文人朋友交流的见证，亦为其侍卫生涯的真实记录。首二句写皇家宫苑特有的富丽明媚的景致，亦暗示诗人和友人作为皇帝侍臣的身份。后二句揭出主旨，严绳孙虽被迫入朝为官，实则颇多无奈，因此诗人劝勉严绳孙不要太早做像张志和"烟波钓徒"那样的归隐梦，因为张志和在年轻时期也曾做着为朝廷效力的美梦，只是时势不与，才归隐江湖。此诗与"不须惆怅忆江湖，身入金门待漏图"（其十九）一样显露出诗人积极用世之志，劝人也是劝己，亦暗含诗人内心对待仕与隐的矛盾态度。

1　康熙二十年（1681）六月，严绳孙（字荪友）有《西苑侍直诗》二十首，此杂咏二十首即性德和诗。

2　寮（liáo）：小窗，亦可释为小屋。绮寮：雕饰华美的窗户（或房屋）。玉珂：本为马勒上的装饰品，此处代指马。珂：似玉的美石。

3   烟波：唐代诗人张志和自号"烟波钓徒"。因此烟波有归隐

之意。

咏史（二十首其二）

一死难酬国士知，漆身吞炭只增悲[1]。
英雄定有全身策，狙击君看博浪椎[2]。

此为咏史诗，所咏对象为豫让与张良。豫让与张良都有行刺报仇的经历，但豫让虽然不惜"漆身吞炭"来报知遇之恩，堪称忠义，却有勇无谋，终遭失败。张良狙击秦始皇不成，全身而退，而后韬光养晦，伺机再起，开创了一番新天地，却又在到达巅峰的时候急流勇退，这才是英雄本色。

古代诗人常咏史明志，这首诗通过两位历史人物的比较，表明了诗人心目中的英雄观：真正的英雄应该是像张良那样，既敢于给予敌人迎头痛击，又具有能保全自身的智慧。有勇有谋，千古流芳，方可谓之真英雄，这也是诗人对英雄提出的新定义。

1　漆身吞炭：据《史记·刺客列传》记载，春秋时期晋国人豫让忠心于其主智伯，智伯为韩、赵所灭，豫让欲为其报仇，行刺赵襄子未遂。后豫让漆身，灭须去眉，扮成乞丐，吞炭成哑巴，再度行刺又遭失败，遂自杀。

2　狙击君看博浪椎：用张良故事。秦始皇东游至博浪沙（今河南原阳) 时,张良命大力士以百二十斤铁椎击打秦始皇车驾,欲为韩国报仇,未中,遁去。张良逃到下邳(今江苏睢宁),韬光养晦。秦末农民起义时,张良投奔刘邦,为汉开国功臣,封留侯,但张良并未贪图富贵,而是功成身退。狙击:暗中埋伏,伺机袭击。

咏史（二十首其四）

诸葛垂名各古今，三分鼎足势浸淫[1]。
蜀龙吴虎真无愧，谁解公休事魏心[2]。

　　此为咏史诗。性德作此诗意图为背负骂名的诸葛诞辩解，短短四句诗却写出三个诸葛：诸葛亮"鞠躬尽瘁，死而后已"，获"蜀龙"之誉；诸葛瑾"德度规检，见器当世"，得"吴虎"之名；独独诸葛诞被称为"魏狗"，诗人不由得为其鸣冤抱不平，诸葛诞最后降吴实乃与司马氏决裂而一心忠于魏的表现。末句"谁解"二字，喷薄出诗人的愤慨之情，是为对诸葛诞寄予深切同情之语。可见，诗中"蜀龙""吴虎"其实都是为了衬托诸葛诞：同为忠心却遭不公平对待，历史何等不公！

　　性德作诗尤其注重"立意"，例如他认为咏史诗不应只是单纯记史，或空发议论，而是必须有感而发，寄托作者自己的真实情意，使诗作具备以古鉴今的现实意义；在确定立意之后，性德又主张咏史怀古诗要做到主题思想集中，不能因为吊古伤今之际因情绪复杂而溢出立意之本。性德此诗咏史应是实践了他的诗歌理论：为诸葛诞申冤，为历史的偏见翻案，从慷慨的情绪中凸显出诗人自己的价值观和历史态度。

———   1 诸葛：三国时诸葛瑾、诸葛亮兄弟及其族弟诸葛诞。浸淫：
形容渐积渐深，由小及大。

2 蜀龙：诸葛亮事蜀。吴虎：诸葛瑾事吴。公休：诸葛诞字
公休。诸葛诞本来事魏，后司马氏篡位，诸葛诞不肯依附司马
氏，遂降吴，后以逆乱为罪名被司马氏杀害。《世说新语》分别
以蜀龙、吴虎、魏狗评价诸葛亮、诸葛瑾和诸葛诞三人。事魏
心：忠于魏国之心。

有感

帐中人去影澄澄，重对年时芳苡灯[1]。
惆怅月斜香骑散，人间何处觅韩冯[2]。

性德存诗354首，词348阕（据华东师范大学出版社2008年版《通志堂集》），数量差不多，但性德词中多抒发悼亡悲感，其诗中却罕见悼亡主题。此诗末句用"韩冯"典故，依稀流露出死别的讯息。韩冯之典常被用来形容忠贞不渝、生死相依的爱情，韩冯亦代指鸳鸯，其《减字木兰花》词也有"若解相思，定与韩凭共一枝"之语，故此诗隐约有悼亡之意。诗中"香骑散"三字或指当年一起骑马信步的浪漫之景已经烟消云散，此与性德妻子卢氏病逝大致相符。当然，本事不可确指，但可以肯定的是，诗人感慨人间难觅像韩冯夫妇那样生死相许的爱情，怎不令人为之唏嘘叹息。

1　澄澄：形容水的清净明澈，此处为空荡荡之意。年时：去年。

2　韩冯：亦作韩凭或韩朋。据干宝《搜神记》载，韩冯（韩凭）娶妻何氏，何氏貌美，被康王强夺。后韩冯自杀，其妻何氏亦殉情而死，留下遗书希望与韩冯合葬。康王恨之，故意将两人分开埋葬,并且放出话来:"你们夫妇既然如此相爱,若能使坟墓自相合并,那我也不会阻止你们了。"后果有大梓木生于二冢之上,根交于下,枝错于上,又有鸳鸯栖于树上,朝夕不起,交颈悲鸣,声音感人。

四时无题诗（十六首其三）

手捻红丝凭绣床，曲阑亭午柳花香[1]。
十三时节春偏好，不似而今惹恨长[2]。

此为伤春爱情词。性德爱情词多表达爱情失落或悼念亡妻的深沉哀感，但在其爱情诗中，他仿佛走出了凄美的"灰色"，往往呈现出较为明快的鲜艳色调，此诗堪为其中代表。首句写女子斜倚绣床的慵懒姿态，与白居易《闺妇》中"斜凭绣床愁不动"、柳永《定风波》中"针线闲拈伴伊坐"相映成趣。女子百无聊赖地绞弄着手中的红丝线——相传月老常以"红丝"为男女牵系姻缘，故"红丝"隐约流露出女子对美好姻缘的盼望。眼看着外面春光明媚，自己却形单影只，辜负了大好青春，不免心生怨艾。末句虽着一"恨"字，但前既说"不似"，则初春当有一段美好的时光可供怀念，而暮春则可能面临着分离，才会有"而今惹恨长"之感叹。季节流逝带来情事变迁，其中应寄寓了深沉微妙的情怀。古人常用"恨"字表达爱意，亦符合人们爱极而怨的心理变化，正如邵雍诗所云："恩多意思翻成恨，欢极情怀却似悲。"

———   1 捻（niǎn）:搓弄。

2 十三时节:夏人以十三月为正。十三月阳气已至,是为春

之始。

记征人语（十三首其五）

青磷点点欲黄昏，折铁难消战血痕[1]。
犀甲玉枹看绣涩，九歌原自近招魂[2]。

——　　　此诗应为清廷平叛三藩时的作品。性德为惨死的士卒感
到痛心，该诗可视作为他们谱写的招魂曲：诗人选择磷火、黄
昏、折铁、血痕、犀甲等特殊意象，寥寥数句便将一场刚刚经历
过的殊死恶战展现于读者眼前，继而以悲痛的语调讴歌死难
将士，并衷心赞美战士们英勇无畏的精神。该诗多处用典：
"青磷"源于贺铸的"磷火走兵血"（《故邺》），暗指阵亡人数
之多；"折铁"源于杜牧的"折戟沉沙铁未销"（《赤壁》），指
战事已久，剑气依然逼人，颂扬士兵作战的勇武；末二句则
整体化用屈原《九歌·国殇》之典"操吴戈兮被犀甲""援玉
枹兮击鸣鼓"，既是对士兵在战场上勇猛的追忆，又是对死亡
将士灵魂的礼赞。性德并无从军经历，亦未能亲临前线目睹
战场之严酷，但是他能汲取前代战争诗之精华，通过记录"征
人"归来后对战争的描述，并融合自己对战争的真实感受，读
来亦觉沉痛。

——　1　青磷：磷火，人和动物的尸体腐烂分解出磷化氢，并自动燃

烧,俗称鬼火。

2　犀甲:犀牛皮制成的贵重铠甲。玉桴(fú):对鼓槌的美称。犀甲和玉桴均来自屈原《九歌·国殇》,《国殇》本为祭祀为国捐躯的战斗英雄的乐歌。《九歌》:屈原创作的楚辞作品。《招魂》:一般也认为是屈原的作品,招魂即召唤亡魂归国,亦用以表达爱国情怀。

记征人语（十三首其六）

战垒临江少落花，空城白日尽饥鸦。
最怜陌上青青草，一种春风直到家。

康熙十二年（1673），吴三桂发动叛乱，清廷开始长达九年的平叛战争。性德曾主动请缨，未获康熙批准。诗人虽未能在前线亲历战争的残酷，但仍时时关注战事进展，了解前线将士的生活和心情，该诗即以此为主题。战争导致如诗如画的江南一片狼藉：原来的花团锦簇，如今却在硝烟过后破败凋零，眼看花城成了一座"空城"，只有食尸肉的乌鸦在空中低徊盘旋，一阵阵凄厉的鸣叫声刺破长空。田野上再也看不到百姓丰收忙碌的身影，只剩下疯长的野草四处蔓延。性德未亲临战场，却运用文学的想象力，通过战垒、乌鸦、青草等意象描绘出一幅战后荒芜图，厌战的低沉情绪可以想见。此诗结句虽用语明媚，但写的是一种明媚的荒芜，春风到家原是怡人景致，但陌上青草随春风到家，则家里家外，触目皆荒凉矣。以盛景写悲情，意思更深一层。

咏絮 [1]

落尽深红绿叶稠，旋看轻絮扑帘钩。
怜他借得东风力，飞去为萍入御沟 [2]。

———

此为咏物词，所咏对象为柳絮，实为寄予诗人的身世感慨。性德曾云："唐人诗意不在题中，亦有不在诗中者，故高远有味。虽作咏物诗，亦必意有寄托，不作死句。"（《渌水亭杂识》卷四）此诗堪为这一理论提供范例。

诗中首先以白描手法描写暮春时节众花凋谢而柳絮纷飞的场景，轻巧的柳絮扑打着帘钩，似在寻绎着自己的方向，但即便借力东风，也未必能扶摇直上，往往不幸一头坠入了御沟中，化为一池浮萍。

该诗字字咏絮，却句句暗喻自身。"东风"或指康熙、纳兰明珠等可以扶助自己平步青云之贵人；"御沟"则为宫廷侍卫身份的暗指，而诗人自己就是那坠入水沟的柳絮，化为浮萍，身不由己。性德词中亦称自己"身世等浮萍"，表达人生的无奈。历代诗论均以寄寓怀抱的咏物诗为佳，如严迪昌说："咏物原应为抒情。托物寄兴，物中有'我'，形神兼出，物'我'皆化，始是上乘之作。"（《清词史》）此诗即做到了"物我皆化"，浑然一体。

—— 1　絮：柳絮，柳树之花。

2　萍：柳絮飘落入水，化为浮萍。御沟：又称禁沟，宫墙外的护城河。

杏花（五首其二）

马上墙头往往迎，一枝低亚帽檐横[1]。

画桥压浦知何处，红袖招人绰有情。

深巷月斜留蝶宿，小池烟晓拂衾轻[2]。

秋千索下春才半，暗数流光到卖饧[3]。

———

《杏花》为咏物组诗，此为五首其二。诗人将杏花置于各种场景中：墙头马上、画桥边浦、晓烟池塘、斜月深巷、秋千索下，既暗含历代古人咏杏花之典，又如电影镜头般推出一幅幅或活泼、或清幽、或寂静的画面，每幅画面中都有杏花摇曳生姿的影子，且又暗含不可言传的隐约情事。古人讲究咏物诗词"起句便见所咏之意，不可泛入闲事"，此诗首句即以"马上墙头"暗点杏花主题，可谓"开门见山"；咏物诗词又讲究不可直接说破，须得巧妙用典方合咏物宗旨。性德此诗正是遵循此一规范，整首诗吟咏杏花却始终未见"杏花"二字，而杏花的万种风情依然如入读者眼帘，其景其境真实可感。

———

1 马上墙头：唐代诗人吴融有《杏花》诗云："独照影时临水畔，最含情处出墙头。"另外，《墙头马上》为元代戏曲家白朴的经典爱情剧作，第一折中正旦李千金即有唱词云："便好道杏花一色红千里,和花掩映美容仪。"表达第一眼看到秀才裴少俊时的心动。亚:树之枝桠。

2　深巷:宋代诗人陆游《临安春雨初霁》诗云:"小楼一夜听春雨,深巷明朝卖杏花。"

3　秋千索下:晚唐诗人韩偓《寒食夜》诗云:"恻恻轻寒翦翦风,小梅飘雪杏花红。夜深斜搭秋千索,楼阁朦胧烟雨中。"饧(xíng):麦芽糖。古俗寒食节做饧粥。

绿阴

春雨春风洗故枝，残红落尽碧参差。
烟光薄处蜂犹觅，日影添来马不知。
匝地重阴迷别径，卷帘浓翠润枯棋[1]。
乱蝉转眼柴门路，又见先生坦腹时[2]。

　　此诗咏春夏之交的景致，从春雨春风写到落花遍地、浓翠成荫，铺陈出一派幽静闲适的景致。细节描写尤为传神，如次联写蜂觅残花，马不知影，就很形象地描写出暮春特有的景致。尾联两句是用力所在："柴门"源自《游园不值》之"小扣柴扉久不开"，此一典故给全诗蒙上了一层隐逸的面纱，令人吟诵之际不禁对此种自在闲适心向往之。"坦腹"则是化用《世说新语》中王羲之"东床坦腹"而成郗鉴女婿的典故。性德十分追慕王羲之的潇洒风度，他的座师徐乾学亦曾评价他的气质酷似王羲之。在此诗中，性德更是以王羲之悠闲豁达、从容自在的神态自喻，与其"鄙性爱闲"的性格相吻合，用得十分贴切。此二典使诗人笔下的绿荫悠闲图既充满了陶渊明式的闲适情调，又具有了王羲之的豁达气度。

1　匝（zā）：环绕。匝地：遍地。此处谓树荫遍地以至于曲径迷离。枯棋：木制棋子。卷起帘幕后，因浓郁的绿色扑入窗户，而觉得棋子倍加光洁润泽。

2　坦腹：用《世说新语》中王羲之的故事。一日，郗鉴派人到丞相王导府上为自己的女儿求亲。王导对郗鉴派来的人说："我家的子弟们都在东厢房，你过去考察一下，任你挑选。"派来的人去东厢房看了以后，回去向郗鉴报告："王家的子弟确实个个都很优秀，名不虚传。不过就是有点拿腔作势，听说太尉您来选女婿，一个个都做出一副很优雅很矜持的样子。只有一个小伙子在东床上躺着，肚皮都露在外面，衣冠不整，随随便便的，就好像不知道有选女婿这回事儿一样，满不在乎。"郗鉴一听："我要的女婿就是这小子了！"后来再一打听，这个"东床坦腹"的帅哥正是王羲之，于是郗鉴就把女儿嫁给了他。王羲之就这样成了郗太尉的东床快婿。

扈跸霸州[1]

霸山重镇奠神京，鸾辂春游淑景明[2]。
万派银涛冲古岸，四围玉甃护严城[3]。
花承暖日迎来骑，柳带新膏绾去旌[4]。
八砦雄图今更固，行随赏乐胜蓬瀛[5]。

———   纳兰性德既是带刀侍卫，随时要保障皇帝的安全，又是文学侍从，必须随时应对康熙的其他召唤。例如，康熙曾经命令性德赋《乾清门》应制诗，翻译康熙御制《松赋》等等。其工作是"日侍上所，所巡幸无近远必从，从久不懈益谨。上马驰猎，拓弓作霹雳声，无不中。或据鞍占诗，应诏立就"。"上有指挥，未尝不在侧，无几微毫发过"。意思是说：性德自从当上侍卫之后，皇帝出巡不论远近，必定指定要他随从，而他从不懈怠，工作十分谨慎小心。他上马打猎的时候，拉开弓箭，百发百中；有时候接到皇上的旨意，马上要应制作诗，他骑在马上不假思索，即刻就能完成，其诗作亦常标明"应制""恭纪""扈驾"等字样。皇上任何时候有任何指令，性德都能在第一时间办好，从不离皇帝左右，也从没出过任何差错。

此诗即为应制诗。诗人随康熙行猎霸州，写下了《扈跸霸州》《雄县观鱼》等诗。此诗首四句以霸州重要的地理位置为落笔点,"万派""四围"二词突出霸州的壮观气势,亦凸显京城防守之严密。继以"花承暖日迎来骑,柳带新膏绾去旌"两句,描绘出一幅安乐昌盛的天子巡游图。但是诗人并未将笔触仅仅停留在赏玩山水的兴致上,末二句笔调一转,写出了他对国家的美好祝愿:他希望八方安定,国家稳固。在性德作此诗前不久,耿精忠、尚之信等相继投降,历时四年之久的三藩叛乱正朝着有利于清廷的方向发展,形势令人振奋。性德此诗所传达的正是这样一种喜不自禁的豪迈之情。

此外,七律诗对格律要求非常严,性德在诗歌对仗、意象、声律、辞藻诸方面都相当用心,二、三联对仗工整,通过"冲""护""迎""绾"四处炼字,有力扩大了对仗句的句意容量,将霸州的地势险要、出行的盛大场景蕴含其中。而"鸾辂""银涛""玉甃""旌"等特定意象的使用,使得整首诗披上一层错金镂彩的皇室富贵之气,符合应制诗"典丽富艳"的语言要求。尤其是尾联中"更"字的运用,显示出诗人昂扬振奋的精神风貌的同时,也表达了对国家安定的美好祝愿。

1　扈跸(hù bì):随侍皇帝出行至某处。跸,指帝王的车驾或行幸之处。霸州:今属河北。康熙十六年(1677)四月十五至十九日康熙帝行猎霸州,性德随侍。

2　鸾辂(luán lù):亦作"鸾路",天子车驾。

3　万派：此处泛指万流。甃（zhòu）：井壁。此处形容城壁如

井壁般坚固。

4　绾：盘绕，系结。

5　砦：寨。此处泛指八方外藩。

送荪友

人生何如不相识，君老江南我燕北。

何如相逢不相合，更无别恨横胸臆。

留君不住我心苦，横门骊歌泪如雨[1]。

君行四月草萋萋，柳花桃花半委泥[2]。

江流浩森江月堕，此时君亦应思我。

我今落拓何所止，一事无成已如此[3]。

平生纵有英雄血，无由一溅荆江水[4]。

荆江日落阵云低，横戈跃马今何时。

忽忆去年风雨夜，与君展卷论王霸[5]。

君今偃仰九龙间，吾欲从兹事耕稼[6]。

芙蓉湖上芙蓉花，秋风未落如朝霞。

君如载酒须尽醉，醉来不复思天涯。

　　此亦为送别诗。性德送别诗多选用古体样式，盖因古诗形式自由，更利于情感宣泄之故。此诗是送好友严绳孙南归时所作。严绳孙不仅是性德府上渌水亭的常客，且有一段时间就住在性德家中，二人经常"闲语天下事，无所隐讳"，至今尚存的禹之鼎绘纳兰性德像上即有严绳孙的题诗。严绳孙因厌倦官场生涯，于康熙二十四年（1685）告假还家，性德赋诗多首相赠。

　　此诗直抒胸臆,慷慨悲歌,其中既有对朋友分离的恋恋不舍之情,也有对自己至今壮志难酬的惆怅之慨,又有对田园归隐生活的向往。首两句"人生何如不相识,君老江南我燕北",万分悲慨,倾泻而出:近几年性德不断与好友分离,一次次生离深深地刺伤了诗人的心,于是想到,若没有相逢就不会有分别的痛苦,索性不如不相识,较"人生若只如初见"更进一层,震撼力也明显增强。诗中描摹的虽是四月春景,却已是草"萋萋"、花"委泥"状,了无生机,愁苦的心情与萧索的暮春景物情景交融。"我今落拓何所止,一事无成已如此"是对自己所用非所愿的嗟叹,大有垂垂老矣盖棺论定之意,读之令人心酸。"去年风雨夜,与君展卷论王霸"一句,亦流露诗人豪情。然回忆越是豪情勃发,离别情绪越是低沉萧索。清人沈德潜评价此诗"酣嬉淋漓,一起警觉,深情人转作无情语也"。令人叹息的是,就在与严绳孙分别一个月后,性德便病逝了。

1　横门:汉代长安城北西头的第一门,后泛指京门。骊歌:告别的歌。

2　萋萋:草木茂盛的样子。半委泥:落花掉入泥地。

3　落拓:寂寞潦倒。

4　荆江:此处代指清廷平叛吴三桂在湖南、湖北的战场。

5　王霸：仁义治天下者为王道，以武力征服者为霸道。此处泛指天下头等大事。

6　偃仰：俯仰。比喻安然处于天地之间。九龙：古人云龙生九子，后成为一门九子的代称。此处指严绳孙回乡后在兄弟友爱中安然自在地生活。

柳条边 [1]

边墙也。以柳为之，在塞外。

是处垣篱防绝塞，角端西来画疆界[2]。
汉使今行虎落中，秦城合筑龙荒外[3]。
龙荒虎落两依然，护得当时饮马泉[4]。
若使春风知别苦，不应吹到柳条边。

——

　　此亦为怀古诗，寄予了纳兰性德对叶赫家族兴衰的沉思与哀感。康熙二十一年（1682）春天，康熙东巡，出山海关，到清朝的发祥地巡视，祭祀长白山，纳兰性德随行护驾。该诗即写于此行途中。饮马泉是性德祖先叶赫部世居之地，其部族的壮大与灭亡都曾在这片土地上轰轰烈烈地上演。万历四十七年（1619）正月、八月努尔哈赤两次征讨叶赫，叶赫部贝勒金台什被绞死，叶赫部灭亡。金台什正是纳兰性德的曾祖父。

　　性德虽没有亲历叶赫氏与爱新觉罗氏之间的征战讨伐，但天性敏感的他对那段历史必然深有感触。该诗前六句都在评述防御工事，当初长城为防御外族，而当年"龙荒""虎落"等边远之地如今已然划进清朝版图，"柳条""垣篱"也就失去了原来军事防御的意义，反成历史兴衰的见证，提醒着诗人半个世纪前祖先的辉煌与失败。诗人回到故乡不称主人，反以"汉使"自喻，大有"胜者为王败者寇"的心酸之感，耐人寻味。末二句"若使春风知别苦，不应吹到柳条边"应是诗人联系叶赫氏与爱新觉罗氏先祖的恩怨而抒发感慨，其中"不应"二字也是用意良苦："言'春风'若知自己叶赫后代别离故土之苦恨，就不该把自己吹到这里来，言外之意令人深思。"（马乃骝、寇宗基《纳兰成德诗集诗论笺注》）

1　柳条边：《柳边纪略》："古来边塞种榆，故曰榆关。今辽东皆插柳为边，高者三四尺，低者一二尺，掘壕于外，呼为柳条边，又曰条子边。西自长城起，东至船厂止，北自威远堡起，南至凤凰山止，设边门二十一座。"

2　防绝塞：柳条边在当时的主要功能是军事防御，即防边外敌人。角端：弓名，以端牛角为弓，称为角端。此处形容边墙如弯弓般围成疆界。

3　汉使：此处应是诗人自称。诗人虽是满族人，此处却以中原来的朝廷使者自居。虎落：应是指城防外围所插竹剑、竹签的防御工事，由虎落的陷阱演变而来。这里用虎落代指柳条边。秦城：代指"汉使"由来之城，此处当指北京。龙荒：边远之地。"龙"指匈奴祭天的龙城。

4　饮马泉：在吉林省。性德先人叶赫部世居此地。

拟古四十首（其十）

天地忽如寄，人生多苦辛。
何如但饮酒，邈然怀古人[1]。
南山有闲田，不治委荆榛[2]。
今年适种豆，枝叶何莘莘[3]。
豆实既可采，豆秸亦可薪[4]。

———　性德集中拟古之作多达百余首，其中有《拟古四十首》
《效江醴陵杂拟古体诗二十首》《杂诗七首》《效齐梁乐府十
首》诸作，在这类诗作中可以看到性德忧时伤民的情感、劝谕
讽诫的愤慨之情以及经世致用的壮怀抱负等，这些内容在性
德的词中较少见到。此诗颇具《古诗十九首》与陶渊明诗的
质朴、闲淡风格，诗人慨叹人生不过暂时寄居于天地之间，恍
若过客，与其奔波劳苦，碌碌于名利场中，不如仿效陶渊明，收
拾荒芜的田地，与自然相伴，自给自足，其乐无穷。

　　诗人认为的"苦辛"应指整日忙碌于官宦世俗之间，虽荣
耀至极却仰人鼻息不得自由。归隐田园的生活虽然要"晨兴
理荒秽，戴月荷锄归"，不免辛苦，却逍遥自在，尤其"把酒话
桑麻"之时，简直是人生一大乐趣。生长于华阀簪缨世家，身
为天子宠臣，种豆砍柴的想法却始终萦绕于性德心中，也许

"归去来兮"才是诗人心中所愿吧。

1　邈：遥远、久远。

2　委：抛弃不顾。荆榛：泛指丛生灌木，多用以形容荒芜情景。

3　莘莘：茂盛繁多的样子。

4　秸（jiē）：农作物收割以后的茎秆。薪：本意为柴火，此为烧柴的意思，作动词用。

桑榆墅同梁汾夜望

朝市竞初日，幽栖闲夕阳。

登楼一纵目，远近青茫茫。

众鸟归已尽，烟中下牛羊。

不知何年寺，钟梵相低昂。

无月见村火，有时闻天香。

一花露中坠，始觉单衣裳。

置酒当前檐，酒若清露凉。

百忧兹暂豁，与子各尽觞[1]。

丝竹在东山，怀哉讵能忘[2]。

———   此诗是性德与顾贞观离开京城，来到乡间别墅时所作：
远离了城市的喧嚣，来到"青茫茫"的乡间，登高远望，只见暮
霭中，倦鸟归巢，羊牛入圈，寂静的村落上空升起了袅袅炊烟，
远处一座古寺，时时传来悠扬的晚钟声，夹杂着僧人做晚课
的诵经声。诗中"众鸟归已尽""烟中下牛羊""置酒当前檐"
等描写，分别化用李白《独坐敬亭山》之"众鸟高飞尽，孤云
独去闲"、《诗经·君子于役》中"日之夕矣，羊牛下来"、陶渊
明《归园田居》之"暖暖远人村，依依墟里烟"、孟浩然《过故
人庄》之"开轩面场圃，把酒话桑麻"之遗韵，用典而不露痕

迹,语言恍若天成,弥漫诗中的是闲适的田园气息。

　　诗人与好友静看无言,一滴露水突然落在身上,才发觉身上衣裳单薄,感到深夜的清凉之意。在屋檐下摆上乡间自酿的美酒,清甜甘洌,暂时摆脱红尘中的诸多烦恼,与知己好友把酒临风,对饮畅谈,又恰是对"久在樊笼里,复得返自然"的具体诠释。全诗呈现出一种冲淡闲散的风格,颇有陶渊明田园诗的风度,真可谓"此中有真意,欲辨已忘言"。

1　豁:摆脱、免除。觞(shāng):古代盛酒器。
2　讵:怎、岂。讵能忘:反问语气,怎能忘记?

送梁汾

西窗凉雨过，一灯乍明灭。
沉忧从中来，绵绵不可绝。
如何此际心，更当与君别。
南北三千里，同心不得说。
秋风吹蓼花，清泪忽成血[1]！

———

　　此为送别友人诗。时值秋雨，性德为顾贞观送行，作此诗以赠。此诗采用五古的形式，可长可短，在韵律、对仗方面没有律诗那么严格，更适合诗人自然发挥、自由抒情。诗人并未直接切入送别之情景，而是从昨日之追忆写起，听闻好友离别愁苦难眠，待到今日离去，不禁泪湿，三言两语便将诗人从隐隐"沉忧"到"清泪成血"的心理变化过程表现出来。"南北三千里"的阻隔在古人看来已如天涯海角般遥不可及，距离的遥远，交通的不便，通讯的落后，让离别意绪成为古人特别重视的情感。该诗语言平淡质朴，但词浅情深，颇有古诗情致。末句写友人走后诗人的感受，"清泪""血"足见伤痛之深，亦呼应了首句对送别时令和天气的渲染。

　　此次送别，性德还有词《于中好》（握手西风泪不干）相赠："握手西风泪不干。年来多在别离间。遥知独听灯前雨，转忆同看雪后山。　　凭寄语,劝加餐。桂花时节约重还。分明小像沉香缕,一片伤心欲画难。"词中对多年来二人"多在别离间"表示了深深的遗憾与自责。顾贞观《祭文》中亦说"聚而散,散而复聚,无一日不相忆,无一事不相体,无一念不相注",表达二人相交之深。此后,性德写给梁汾不少诗词,总体而言送别作品中词多于诗,或因词之文体及句式更宜于表现缠绵婉转的感情,而诗在句式上整齐划一,更适于表达阔大情怀,故性德将德业文章多赋予诗,哀婉幽情则多交付于词。

1　蓼:一种草本植物。

唆龙与经岩叔夜话[1]

绝域当长宵，欲言冰在齿[2]。
生不赴边庭，苦寒宁识此[3]。
草白霜气空，沙黄月色死。
哀鸿失其群，冻翮飞不起[4]。
谁持花间集，一灯毡帐里。

———

　　康熙二十一年（1682）秋，纳兰性德奉旨觇梭伦，经岩叔随行，此诗即为此而作。诗中首先描述了苦寒的边塞风光：夜色冰冷，欲开口说话却已"冰在齿"；广袤的戈壁滩上死寂一片，清冷的月光下传来孤雁翅膀冻伤无法飞行的哀鸣。整首诗写景状物由外而内、由远及近，通过听觉、视觉、触觉等各角度的描写，使读者仿佛置身性德军营帐外，画面感极强。诗人以特定的边塞意象如"哀鸿""沙""霜""白草""毡帐"等入诗，呈现出一幅绝域苦寒图。"冻翮飞不起"意与"风掣红旗冻不翻"（《白雪歌送武判官归京》）同，"草白霜气空，沙黄月色死"二句极写沙漠的苍凉，却又在悲情中流露出些许豪壮之气，可视为对唐代边塞雄浑风骨的继承。

　　然而在此极悲凉的情境中，尾联"一灯"语突现一丝光亮和温暖：营帐中一点灯影下只见一人在轻吟《花间集》，竟为荒凉大漠平添一丝纤柔。在沿袭边塞诗歌雄浑、悲壮风格的同时，性德又融入了独有的柔婉多情，故"草白霜色空，沙黄月色死"之绝塞苍凉，终不如"谁持花间集，一灯毡帐里"更能代表诗人的气质——独特的风流浪漫、多愁善感。这一温情浪漫形象的塑造成就了这首边塞诗最重要的价值——看似七分侠骨，三分柔情，实则以柔克刚，柔情的力度更胜侠骨几分。天赋灵秀注定性德虽写传统题材，却偏偏不落窠臼，刚柔相济，自成一家。

1　唆龙：又作梭伦、梭龙等。经纶，字岩叔，姚江人，善绘仕女图，作客纳兰明珠家。康熙二十一年（1682）性德觇梭伦，经纶随行。经岩叔不但工绘画，而且通儒术，重友尚义，与性德很是投缘。性德另有《与经生夜话》《龙泉寺书经岩叔扇》（二首）写与此人。

2　绝域：远边极塞。当：正值。

3　宁识此：怎能有此切身体会？

4　翮（hé）：羽毛，亦指翅膀。

野鹤吟赠友

鹤生本自野，终岁不见人。
朝饮碧溪水，暮宿沧江滨。
忽然被缯缴，矫首盼青云[1]。
仆亦本狂士，富贵鸿毛轻。
欲隐道无由，幡然逐华缨[2]。
动止类循墙，戢身避高名[3]。
怜君是知己，习俗苦不更[4]。
安得从君去，心同流水清。

　　此诗的核心意象为"野鹤"。"闲云野鹤"向来是自由自在的象征，可是诗中的野鹤却一朝被擒，失去自由。可见诗人既是表达对鹤的同情，更是对自己担任侍卫以来失去自由之身的现实写照。诗人说自己本是一"狂士"，无心于富贵名利，本想寻仙访道，逍遥出世，却身不由己走上了官场。官场内的自己循规蹈矩，唯恐走错半步，早已厌倦了这种"惴惴有临履之忧"的生活。性德以野鹤的困境象征自身的困境，期冀早日恢复"野鹤"本性，虽是赠友之作，但寄托了自己对自由自在生活的向往。

1　缯缴（zēng zhuó）：缯，通矰，射鸟用拴着丝绳的短箭。缴，系在箭上的丝绳。矫首：抬头。

2　幡然：迅速而彻底地改变主意。华缨：华贵的冠缨。

3　循墙：避开道路中央，沿着墙壁而行。表示恭谨小心，唯恐出错。戢（jí）身：隐身、藏身，即隐退之意。

4　更：改变。

题胡环射雁图¹

人马一时静，只听哀雁音。
塞垣无事日，聊欲耗雄心²。

此为题画诗。诗人常借画中之景抒情达意，盖因画家在作画之时已经有所寄托，观者心领神会自然有所感发。性德身为康熙贴身侍卫，常扈驾随从到塞外，必是见过大漠雄雁，见到胡环所绘的塞外荒寒之景、兵士拉弓射猎之事，不禁有所触动。前两句写景，"只听哀雁音"一句以有声之想象赋予了无声之画以听觉感受，颇见创意。后两句明志，用白描手法揭示了画作的思想内涵：战事消弭，军士百无聊赖，以射猎来打发时日，虚度光阴。实则暗含诗人自己身为侍卫，文武双全，却没有机会亲历战场，横戈跃马，只能在朝堂中虚掷光阴，着一"耗"字而感慨遂深。

1 胡环：辽代画家，擅画北方边疆射猎生活。
2 塞垣：泛指边关城墙。聊欲：不得已而为之。

金陵[1]

胜绝江南望，依然图画中。
六朝几兴废，灭没但归鸿[2]。
王气倏云尽，霸图谁复雄。
尚疑钟隐在，回首月明空[3]。

———

此为怀古诗。纳兰性德的怀古诗多创作于康熙二十三年(1684)九月扈驾南巡途中,此行由北向南依次经过泰山、曲阜、扬州、镇江、江宁、无锡、苏州等地。性德本就对历史抱有浓厚兴趣,其同僚韩菼曾说:"间尝与之(纳兰性德)言往圣昔贤修身立行,及于民物之大端,前代兴亡理乱所在,未尝不慨然以思。"当诗人亲自来到这些兴亡之地时,更是感慨万千,诗中多抒发历史兴亡之感,倏忽易逝的人生悲慨,亦有对历史风流人物的追怀。如历史上吴、东晋、宋、齐、梁、陈六朝都曾建都金陵,金陵繁华一时,被称为"六朝金粉"之地。但六个王朝统治时间都不长,盛而复衰,故诗人常以金陵为题,寄托历史兴亡之感。

性德此诗并未着力描绘当年金陵"宫女如花满春殿"的繁华景象,仅以"胜绝""图画"二词简单带过,避免了雷同,继而直写"兴废"主题,直接发问:昔日霸业如今何在? 令人

深思，却不忍回答，只有那亘古不变的月亮依然高悬空中。此
处以月之永恒反衬世事之无常，有李后主"故国不堪回首月
明中"的深沉悲慨，能使人于今昔对比中遥思当年之盛，蕴意
无穷。

1　金陵：今南京。此诗为性德扈驾江南巡游时所作。可与其
《梦江南》(江南好) 等词相互参看。
2　六朝：金陵为六朝故都，后南唐与明初亦建都于此。
3　钟隐：五代南唐后主李煜自号钟山隐士。

寄梁汾并葺茅屋以招之 [1]

三年此离别，作客滞何方？
随意一尊酒，殷勤看夕阳。
世谁容皎洁，天特任疏狂。
聚首羡麋鹿，为君构草堂 [2]。

———

　　此诗可与性德《满江红》（问我何心）一词参看。顾贞观浪迹天涯、自由闲散惯了，最讨厌那种金碧辉煌的庸俗,喜欢亲近大自然的田园风光。顾贞观曾说过："卿自见其朱门,贫道如游蓬户。"在别人眼里,纳兰性德是豪门公子,出入豪宅,而在顾贞观看来,朱门碧瓦和柴房草屋又有什么区别呢？因此一语,性德遂作出构筑茅屋以邀顾贞观长住的决定。

　　此诗首联即别出心裁,顾贞观本是归乡,诗人却偏偏问他客居何方,意思是北京才是你的家,"我"的家也就是你的家！其情之深,其情之真,在在可感！性德以人品"皎洁"、性格"疏狂"盛赞友人,亦含自许之意。虽狂狷不容于世,率性却是来自天成,因此诗人自觉与其脾性相投,相逢恨晚,特邀请友人"回家"居住,朝夕聚首。诗中"麋鹿"一语出自苏轼《前赤壁赋》"侣鱼虾而友麋鹿",表达要与好友一起圆"抱影林泉"、融入自然的夙愿。对性德此举,顾贞观曾深有感触地说：“不是世人皆欲杀，争显得怜才真意。”

——

1　茸：用茅草盖房子。

2　麋鹿：似鹿的一种动物。

雄县观鱼 [1]

渔师临广泽，侍从俯清澜 [2]。
瑞入王舟好，仁知圣网宽 [3]。
拨鳞飞白雪，行鲙缕金盘 [4]。
在藻同周燕，时容万姓看 [5]。

　　此亦为巡游应制诗。该诗格律极其精准，颔、颈联对仗工整。此外，灵活运用典故亦是该诗一大特色，"瑞入王舟好"化用"白鱼入王舟"的典故。传说周武王渡河时，有白鱼跃入舟中，为周朝灭纣之瑞。"仁知圣网宽"化用了"网开三面"的典故。传说商汤捕禽兽时网开三面，比喻恩泽优渥，法令尚宽，这是对康熙以仁德治国的赞颂。"在藻同周燕，时容万姓看"则化用了《诗经·小雅·鱼藻》"鱼在在藻，有颂其首。王在在镐，岂乐饮酒"诗意。这是诗人对国泰民安、万物充满生机、君民同乐的歌颂，亦包含着性德对儒家"仁政"的称许与追求。

　　性德的应制诗在对康熙歌功颂德的同时，往往也有发自内心的崇敬与仰慕，甚而怀有一种"同情"（情同此心）心理，既有身处盛世强国的自豪与喜悦，亦有对康熙帝雄韬大略和人格魅力的衷心敬佩。

1　雄县:今属河北,在霸州市西。此诗与《扈跸霸州》作于同时。

2　渔师临广泽:渔夫来到大湖上打鱼。侍从俯清澜:皇帝的侍从们观赏清澈的波澜。

3　"瑞入"二句:用"鱼入王舟"和"网开三面"的典故,颂扬皇帝的宽仁。

4　拨鳞:鱼在水中游戏跳跃。飞白雪:溅起的浪花如白雪翻飞。鲙(kuài):鱼的一种。缕:细丝,将鱼肉切成细丝状。

5　"在藻"二句:鱼儿在水藻中畅游,百姓与皇帝一起观看,比喻皇帝与百姓同乐。

咏笼莺

何处金衣客，栖栖翠幕中[1]。
有心惊晓梦，无计啭春风。
漫逐梁间燕，谁巢井上桐[2]？
空将云路翼，缄恨在雕笼[3]。

　　此亦为咏物诗，且暗喻身世之感。诗人借笼中黄莺形象描绘了自己的生存状态：外表光鲜靓丽，锦衣玉食，却终日只能被关在金笼中，失去自由，空有一飞冲天的翅膀，竟连外面的梧桐树都飞不过去，还不如梁间的燕子可以自由飞翔。

　　该诗既表达了对失去自由的黄莺的同情，更是对自己受尽各种束缚的怨艾，诗人渴望摆脱宫廷侍卫身份、一展身手的心情显得异常迫切。

1　金衣客：莺的羽毛呈黄色，故称金衣客。栖栖（xī xī）：忙碌不安的样子。翠幕：翠绿纱帐。此言黄莺被囚禁于贵族家庭。
2　"漫逐"两句：谓燕子与栖于梧桐上的鸟儿都能自由自在地飞翔、安居，令黄莺羡慕不已。
3　缄：本意为闭口不言。缄恨：含恨。雕笼：装饰精巧的鸟笼。

鱼子兰¹

石家金谷里，三斛买名姬²。
绿比琅玕嫩，圆应木难移³。
若兰芳竟体，当暑粟生肌。
身向楼前堕，遗香泪满枝⁴。

　　此亦为咏史诗。性德以幽香高雅的鱼子兰比喻石崇的爱姬绿珠，以此典故暗指花与人一样品性高贵贞洁。"绿比琅玕嫩，圆应木难移。若兰芳竟体，当暑粟生肌"，既写绿珠的美貌，也写鱼子兰的风姿，人、物合一；"身向楼前堕，遗香泪满枝"，既写绿珠宁死不事二主的坚贞，也状鱼子兰倾坠摇曳的姿态，暗含一种悲壮的情怀。该诗咏鱼子兰，亦咏绿珠，更是对自身高洁品格的写照，句句双关，寄托遥深。

1　鱼子兰：一种常见的芬芳类观赏植物，又称米兰。
2　"绿比"二句：用晋代富豪石崇用三斛珍珠买得名姬绿珠为妾的故事。斛（hú）：古代的一种量器。
3　琅玕：翠竹的美称。木难：宝珠。
4　"身向"二句：谓绿珠善于吹笛，孙秀求之不得，遂设计陷害石崇，逮捕石崇的人于其宴饮之时来到石府，石崇对绿珠说："我是因为你才获罪的。"绿珠泣曰："当效死于官前。"遂坠楼自尽。

夜合花

阶前双夜合，枝叶敷华荣。
疏密共晴雨，卷舒因晦明[1]。
影随筠箔乱，香杂水沉生[2]。
对此能消忿，旋移近小楹[3]。

　　此为咏物诗，亦是纳兰性德的绝笔之作。"五月下旬，先生示疾前一日，同梁药亭、顾梁汾、吴天章、姜西溟咏夜合花。"诗中"华荣""疏密""卷舒"等词，写出了夜合花在"晴雨""晦明"状态下的种种姿态。诗人当是通过咏夜合花诉说人生宦海沉浮之态，联系到朝廷政治党争互相倾轧的污浊内幕与好友们仕途不定的实情，实在令人不能不"忿"。其实诗人自己又何尝不是如此？如夜合花一样，只能随外界大气候的阴暗晦明而荣华盛衰，但夜合花尚能"依然香如故"，人更应该淡然处之。不如收拾起散乱的心绪，还是饮酒作诗吧。这首托物咏怀诗是性德对现实生活的体悟和思考，蕴含哲思，景、理、情三者交融，呈现出一种含蓄蕴藉之美。

1　卷舒因晦明：谓夜合花因天黑而卷，天明而舒。

2　筠（yún）：竹子的别称。箔（bó）：竹帘。

3　楹（yíng）：堂屋前的柱子。